るんびにの子供

宇佐美まこと

角川ホラー文庫
22301

目次

るんびにの子供　5
柘榴《ざくろ》の家　37
手袋　85
キリコ　125
とびだす絵本　155
獺《だっ》祭《さい》　211
狼魄《ラン・ポオー》　217
解説　岩井志麻子　243

るんびにの子供

人は子供から大人に成長する。成長をそういう意味でとらえると、大人というものが完成体で、子供はそれに到る未完成な途上のものというわけだ。

だが、はたしてそうだろうか。

子供というものは、それ自体で完結していて、大きくなるにつれて、生来の能力を手放していき、大人というつまらない、ただ余生を送るだけの物体に成り果てるというふうには考えられないだろうか。大人はあまりにも退化しすぎて、なくしてしまった能力に気づきもしない。

もし、そうだとしたら？

私が通った幼稚園は、「るんびに幼稚園」という。もう四十年も前の話だ。「るんびに」とは、お釈迦様が生まれたネパールの地名らしい。その幼稚園は、お寺に併設された施設で、園長先生は寺の住職だった。園庭と境内とは、仕切りも何もなく、自由に行き来できた。年少組、年長組が一クラスずつの、小さな田舎の幼稚園だったから、特に柵など作る必要もなかったのかもしれない。

子供たちは、本堂や鐘つき堂、墓地にまで入り込んで遊んだ。はからずも、死に近しい環境であったのかもしれない。もっとも仏教の輪廻転生の概念からすると、私たちは、死の世界から生の世界へ移ってきて、まだ四、五年しかたっていなかったのだ。だから、大人が死を恐れるようにはそれを怖がりはしない。幼い子供にとっては、自分の死がまだまだ先のことであって、大人ほど実感がわかないのだろうと考えられがちである。が、そうではなくて、むしろ、死というものが感覚的にわかっているからなのかもしれない。それが生の対極にあるものではなく、生と死は同時に存在するものだということが……。

それは春の遠足のことだった。

引っ込み思案な女の子だった私は、団体行動となると、いつもはしっこか後ろの方にいた。その日も、年少組が先で、年長組がその後に続いて歩く列の最後尾を歩いていた。新任の先生が、遅れがちな私の歩調に合わせて、一緒に歩いてくれていた。

あの頃の田舎の子供はよく歩いた。今と違って、遠足といえば自分の足で歩くものだと思っていた。文句も言わず歩き続け、昼近くに目的地に着いた。目的地といっても、ただの小高い丘陵地で、特に何があるというわけではなかった。丘の向こう側には、小さな池があって、一面、ホテイアオイに覆いつくされていた。

「あそこに近づいてはいけません」

丘の上から園長先生が、池を指差して言った。

「ほら、あの水草のせいで、落ちても誰にもわからないからね」

気持ちのよい陽が当たっているのは、丘のこちら側だったから、皆はいくつかのグループに分かれてお弁当を開いた。

草の上に腰を下ろすと、ほっこりと太陽に温められた土の匂いがした。私はそっとアルミの弁当箱の蓋を開けた。祖母が入れてくれる弁当は、煮しめなどが多く、彩《いろどり》が悪い。それでも外で食べると、いつもとは違っておいしいような気がした。

母は体が弱く、臥《ふ》せっていることが多かったので、私の面倒は主に祖母がみてくれていた。気丈夫で働き者の祖母は、「弁当ぐらいは入れられますから」という母を制して、父や私の弁当を入れてくれていた。この後、妹と弟が一人ずつ生まれるのだが、いつも祖母の背中には、どちらかがくくりつけられていたような気がする。

弁当が終わると、自由遊びになった。見晴らしのよい場所で、陣取りやボール遊びが始まった。最初のうちこそ、皆の輪の中に入って遊んでいた私だが、いつものごとく少し離れた場所から、走ったり歓声をあげたりする友人たちを眺める側にまわった。そこは丘のてっぺんで、これまたいつものごとく、私と同じくらいおとなしい和子ちゃんという子が隣にいた。

そのうち、誰かが蹴ったボールが私たちの頭上を越え、丘の向こうまで飛んでいった。

「仁美《ひとみ》ちゃん、とってー」

男の子の一人が私に向かって叫んだ。私はのろのろと立ち上がると、ボールの後を追った。和子もついてきた。

ボールは池のそばで止まっていた。それまで気づかなかったが、池のほとりには、別の男の子が二人いて、竹の棒で池のホテイアオイを引っ張り寄せては、岸に投げ出すということをしていた。この二人は、「行ってはいけない」「してはいけない」という言葉を聞くと、たいがい、その行為が魅力的に見えてしまうという性癖の持ち主だった。

ちぎれたホテイアオイや泥水がお互いにかかると、楽しそうに笑い声をあげて、飽きずに同じ行為を繰り返していた。

「こうちゃん、そんなことしてると先生に怒られるよ」

和子の声もまるで二人の耳には届かないようだった。

私はボールを拾おうとかがんだ。その姿勢のまま、池の中央付近に目をやる。ボールに伸ばした手は、そろそろとボールを拾い上げたのに、私は池から目が離せなくなってしまった。

密に繁ったホテイアオイの葉陰に、人の頭が見えた。

小さな頭だ。私たちくらいの子供だとわかった。ぎっしりと浮かんだ水草の陰から、二つの目がこちらをじっと見ていた。こちらから見えるのは、子供の黒々とした髪の毛と、くっきりした二重の目だけ。顔の半分は水の中だ。

栄養のゆきとどいたホテイアオイは、葉柄《ようへい》を高く伸ばしている。その浮遊植物と同様に、その子は体のほとんどを水に沈めているのだった。いつか、男の子たちの声もしなくなっていた。和子も、二人の男の子も息をつめて、池に沈んだ子供を見ていた。

怖いという気持ちにはならなかった。四つや五つの子供にとって、世の中は不思議なこと、驚くべきこと、知らないことで満ち満ちていた。どちらかといえば、私たち四人は、次に起こることをおっかなびっくり待ち構えていたというべきだろう。

公民館で、映写機で短い映画を上映する前に、パチンと電灯が消された時や、テレビの中の手品師がシルクハットに手を突っ込んだ時と、寸分たがわぬ気持ちだったに違いない。あの頃の私たちは、空っぽの容れ物にせっせと中身を詰め込んでいる時期だったのだ。人智の及ばないことがらを怖がるようになるのは、もう少し後になってのことだ。

食い入るように見つめる私たちの前で、その子はしだいに水の中から出てきた。顔全体が見えるようになり、その時点で女の子であることがわかった。肩から胸にかけてが、ホテイアオイの浮き袋や、緑の葉を割るようにするすると現れた。文字通り、吊り上げられるように、その子はまっすぐに空中に浮き上がろうとしていた。

池の水面は漣《さざなみ》さえもたたず、水草が女の子の体に触れて、かすかに乾いた音をたてて揺れただけだった。女の子は、パフスリーブの半袖のブラウスに吊り紐のついたプリーツスカートをはいていた。当然のことだが、それらの衣服はぐっしょりと濡れていた。

ただそれだけが、池のそばに立つ私たちとの相違点だった。

ピコットレースのついた襟まわりや、臙脂《えんじ》色のスカートは、くっきりと鮮やかに私たちの目に映った。池の上に全身を現そうとしている女の子の存在を疑う要素は何もなかった。つまり、女の子の体が透き通って向こうの景色が見えるとか、辺りがにわかに薄暗くなるというようなことは少しもなかった。女の子は、すっきりと晴れた明るい春の日に、池の上、一メートルほどの宙に浮かんで立っていた。

濡れそぼったブラウスは、ぴったりと体に張り付いていたし、スカートの裾からはぽたぽたとひっきりなしに水滴が落ちていた。

水滴はホテイアオイの大きな葉に当たって、明るく光りながらころころと転がった。

その時点にいたっても、私たちは多分、何の感情も抱かなかったと思う。食べること眠ること以外では、そうやってものごとを見たり聞いたりするのが、小さな子供の仕事だったから。新しいことに出会うのは日常茶飯事だったが、これはとびきり新しいことには違いなかった。宙に浮いた女の子は、私たちと同じくらい興味津々に私たちを見下ろしていたように思う。

「ボールを投げてよーっ」

　誰かが丘の上から叫んだその声にこそ、私たちはぎょっとした。

　そして止まっていた時間が急に動き出した。四人はいっせいに振り返った。

「仁美ちゃん、早く、ボ・ー・ル！」

　友人に促されるまま、体が自然に動いて私はボールを投げ返した。ボールはふわふわと飛んで、ぽとんと落ちた。とても届かない。友達は気を悪くしたふうもなく、笑いながらボールを拾いに丘を下ってきた。そのすぐ後ろから園長先生がやってきて、私たちを見つけた。

「孝平《こうへい》、そんなとこで何してんだ？」

　私たちは我に返って、池に向き直った。

　空中にとどまっていたはずの女の子は、すでに消えていた。

「あれえ？」男の子の一人が、間の抜けた声を出した。私たちは、ぼんやりとホテイアオイの群れや、池の周りを見渡した。園長先生は、足早に丘を下りてくると、私たちを追い立てるようにして、皆の方へ連れて行った。

私は小さな女の子が、池の中からびしょ濡れで浮かび上がってきて、しばらく宙に浮かんでいたことを、無理に理屈をつけて理解しようとはしなかった。その頃経験したことの半分以上は、そうやって中途半端なまま私の中に放っておかれた。それらしい解釈や説明は、後からついてくるのだ。

しかし、とどのつまり、その女の子は、「消えた」わけではなかった。それからまた一時間ばかり、自由遊びをした後、（園長先生は、二度と誰も池の方へ行かないように、丘の上で目を光らせていた）また二列に並んで帰り始めた時、あの子がその行列の少し後からついてくるのが見えた。

私たちと同じように白いゴムの運動靴を履いた女の子は、濡れた髪に手をやって形を整えたり、時にはかがんで、靴の中の水を捨てたりしながらついてきた。そんな女の子の様子を見て、孝平はくくっと笑って私のわき腹をつついた。

最初に池のそばにいた私たち四人だけでなく、年少組の子も年長組の子も時折、振り返ってはその子のことを見ているようだった。

とうとう私たちは、るんびに幼稚園にたどり着いた。帰り着くと、すぐに私たちは女の子のことなど忘れて、遊具にとりついたり、ずらりと並んだ水道で手を洗ったりし始めた。女の子は、すぐに皆の中にまぎれて見えなくなった。ただ、「さようなら」の挨拶をする時には、どちらの組にもその子は見当たらなかったと思う。

けれどもその日を境に、その女の子は園の中でたまに見かけるようになった。砂遊びをしている子らの後ろで、同じように穴を掘っていたり、かけっこをしている集団の中にあの臙脂のスカートが交じっていることもあった。

先生をはじめ、大人の目にはその子が見えないようだとわかった時にだけ、不思議な気がした。年少組にも年長組にも属さない、遠足の先からついてきた、あの子はいったい誰なんだろう。年少組でも一番幼く、舌ったらずの子が、その女の子のことを「久《く》美《み》ちゃん」と呼んでから、その子は久美ちゃんで通るようになった。ずっと後になってから、久美子というのは、その年少組の子の妹だということがわかったのだが、その時にはもう久美ちゃんは、立派に女の子の名前として定着していた。久美ちゃんは、真冬になっても半袖のパフスリーブのままだったし、いつもいつも見えるわけではないので、卒園する頃には、久美ちゃんは私たちとは違うんだ、もしかしたら、この世のものではないのかも、と思ったりもした。

そこまで思い到ってもまだ怖いという感情はわいてこなかった。

久美ちゃんの思い出は、そのままるんびに幼稚園に残された。

私は小学生になった。家では、妹と弟が年子で生まれたが、母はますます病弱になった。父は勤めを変えて、家も引っ越しをした。入学した小学校から、私は海のそばの小学校に転校した。母は入退院を繰り返すようになった。

その随分前から、私には、また久美ちゃんが見えるようになっていた。久美ちゃんは例の夏服のままで、私は大きくなったのに彼女は、幼稚園児の年齢のままだった。久美ちゃんの居場所は、るんびに幼稚園で、今も同年代の子らに時折見られながら、そこに留まっているとばかり思っていた私は驚いた。と同時になぜかほっとしたものだ。久美ちゃんはそれほど頻繁に現れるわけではなかった。以前のように積極的にかかわってこようともしない。久美ちゃんはただ「見える」だけの存在になった。

授業中にふと校庭に目をやると、運動場の向こうのプラタナスの木の下に佇んでいる久美ちゃんがいる。あまりに遠すぎて目鼻立ちははっきりしない。ただ着衣からそうと知れるだけである。水泳の授業で、やっとこさっとこ十メートルほど泳ぐ間、息継ぎで顔を上げた瞬間、プールサイドのフェンスに背を預けてこちらを見ている久美ちゃんを見ることもあった。だが次の息継ぎでは、その姿は消えているという具合だ。

学年が進むにつれて、同級生の誰の目にも彼女は見えていないのだということを理解した。

中学一年の時に母が死んだ。母の遺骨を納めるために、生まれた町に戻った時、るんびに幼稚園がなくなっているのに気づいた。年老いた園長先生は、幼稚園をたたんで寺の住職だけをかろうじて続けている状態だった。園の跡地は駐車場になっていた。

久美ちゃんは、何年も私の前から消えていることもある。

ある日ふと気配を感じて振り返ると、廊下の突き当たりを曲がっていく久美ちゃんの後ろ姿を見るか、あるいはただ階段を上っていく子供の足音を聞くだけの時もある。とにかくそういうふうに、つかず離れず久美ちゃんは私の人生に寄り添ってきた。私はもう、驚いたり、その女の子のことを深く考えたりすることをやめてしまった。

ひとつだけわかったことは、人は大人になるにつれ、そういう存在（こうと定義することはできないが、何かしら不思議な存在）を感じとる能力が衰えていくということだった。私の場合は特異なケースで、なぜだかその能力をなくさないでいるらしい。けれども、久美ちゃんの存在は、あまりにも私の日常に溶け込みすぎてしまって、ことさらその能力のことを意識することもなかった。なにしろ、久美ちゃんは何ひとつ私を悩ますことなどなかったのだから。ただその子はそこに「いる」だけなのだ。

高校を卒業する頃、父が再婚した。新しい母と私はおおよそうまくやっていた。妹や弟のように、私はもう「母」を必要としていなかった。祖父母は年をとり、二人の世話をしてくれる母に私は感謝した。

地元の短大を卒業した私は、デパートに就職した。年末の混雑したデパートの中で、エレベーターから吐き出された人ごみの中に、久美ちゃんを見たような気がしたが、気のせいかもしれない。三年後に同じ職場の男性と結婚して家庭に入った。夫はデパート勤めにしては地味な人で、渓流釣りだけを趣味としていた。人の多い場所での仕事なので一人になりたいんだと言って、釣りにはたいがい一人で出かけた。

翌年には娘が生まれたので、私は寂しいと思うことなく子育てに没頭した。

ある夏の夕暮れ時だったと思う。庭に向けて開け放った掃き出し窓の内側に娘を寝かせて、私は夕飯の支度をしていた。急に娘がきゃっきゃっ、と笑い声をあげた。ふとそちらを見ると、久美ちゃんが縁側に手をついて、娘の上にかがみ込むようにしていた。娘には、久美ちゃんが見えているように思えた。その頬を触ろうとして、手を伸ばしている。私は初めてぎょっとした。なぜなのか、よくわからない。娘には久美ちゃんが見えるのかもしれないと思ったせいなのか、久美ちゃんが娘に危害を加えようとしているふうに見えたせいなのか、とにかく私は娘に駆け寄って抱き上げた。私が走り寄ると、久美ちゃんはすっと後ろへ下がって、百日紅《さるすべり》の木陰に入った。私が庭を見渡した時には、もうその姿は消えていた。

久々にはっきりとした姿の久美ちゃんは、鮮やかに私の瞼に焼きついた。私はこの時、初めて久美ちゃんの存在についてじっくりと考えた。娘という守るべき大切なものができたことが、そうさせたのかもしれない。久美ちゃんという女の子が、この世の常識でははかれない存在であるということが、今となってはわかっていたが、少しでも邪悪な何者かであるならば、私は娘のためにこれを遠ざける努力をしなければならないと思った。

　久美ちゃんを二十五年前に初めて見た時のことを思い浮かべた。ホテイアオイの艶やかな緑、はずむボール、久美ちゃんの真っ黒い髪の毛、ひそやかな水音。引力という自然の摂理を知らない子供には、しごく当たり前に思えた宙に浮かぶ女の子。どうして大きくなってからも久美ちゃんの姿を目の端にとめながら、平常心で暮らしてこられたのだろうかと考えた。すぐに答えは出た。この子は、決して私の人生にかかわろうとはしなかった。私は一度も久美ちゃんに触れたことも、声を聞いたこともない。きっとこの子のような存在は、人々の生活のありとあらゆるところにあるに違いない。それらはただ、そこに「いる」者なのだ。久美ちゃんが、昔あの池で溺れて亡くなった子の霊だなどと、陳腐な解釈をつけることは簡単だったが、私はそうはしなかった。ただ久美ちゃんが、繰り返し私の前に現れる意味を考えた。

　あの頃、るんびに幼稚園の園生は、誰もが久美ちゃんを見ていた。それは確かだ。大きくなるにつれ、彼らは久美ちゃんを見ることができなくなった。久美ちゃんはそこにいる。なのに誰にも見えない。私には見える。久美ちゃんが私のそばを離れないのは、ただそれだけの理由なのだ。もしかしたら、あの時、池から出てくる久美ちゃんを目撃した四人にだけ、その力が残されたのか。だが、今となってはそのことを確かめる術《すべ》はない。うっかり今そんなことを口にしたら、逆に私の精神状態の方が疑われる。

暮れていく庭を見ながら、私は久美ちゃんという女の子は、邪《よこしま》な意思を持つ者ではないという結論に達した。

そのうちに娘は私の腕の中で眠ってしまった。

娘の圭子《けいこ》は、すくすくと育っていった。私たち夫婦は、それきり子供を授からなかった。

私の祖父母は次々と亡くなり、私の父は仕事を引退して、あのるんびに幼稚園のあった町に母と一緒に戻っていった。寺は無住になっていたが、檀家の人々がなんとか管理をしているようだった。その間も、久美ちゃんは時折私の目の前に現れた。圭子には、見えているようでもあり、そうでもないようでもあった。やがて圭子は中学生になった。もうとうに、それが見える年頃を越えてしまったのだ。

渓流釣りに出かけた夫が倒れた。山の中で意識をなくしているところを、山菜採りに来た人に発見されたのだ。夫はすぐさま救急車で病院に運ばれた。検査の結果、心臓の血管に血栓が見つかった。その日のうちに心臓外科の手術を施せる病院に送られた。意識はかろうじて戻ってきたものの、予断を許さない状況だった。

隣県に住む夫の母が病院に駆けつけてきた。

「心臓が悪いなら、それなりの兆候があったはずでしょ？」

義母は私の顔を見るなり、まくしたてた。血管の内側に少しずつ付着していったものが、ある日いち時にはがれてつまるのだから、予見するのは難しいと、主治医がいくら説明しても納得しない。これこれこういう症状を見逃したから、こういう結果になったのだと言われれば得心するのだ。その症状を見落としたのは本人ではなく、妻の落ち度だと誰かが口ぞえすれば、さらに大きく頷いたに違いない。

最初からこの姑は、私を嫌っていた。母一人子一人で、何でも母親に相談してきた夫が、勝手に私と職場結婚したのが気に入らないのだ。

「よくもそんなに落ち着いていられるわね。久典《ひさのり》は死ぬかもしれないのよ」

茫然自失している私に義母は畳みかけた。

「私が主人を亡くした時は……」彼女はそこではっとして口をつぐんだ。あまりに不吉な言葉が行き場をなくして、私と義理の母との間に宙ぶらりんになっていた。それでかえって私は、本来の自分に立ち返ることが出来た。

「大丈夫です。お母さん、あの人はきっと助かります」

義母はもう一言だけでも言い返したげに、口元をかすかに動かしたが、どうやらそれは見つからなかったようだ。代わりに手術室へ続く廊下の壁の古い染みを、私の肩越しにねめつけた。まるでその染みの形の意味を読み解けば、息子の命を助けることができるとでもいうように。

「さあ、お母さん、行きましょう」義母はぷいとそっぽを向いたきり、五時間四十分後に手術室の扉が開くまで、一言も口をきかなかった。


夫は死の淵から戻ってきた。

その後、ひと月半続いた入院中、義母は私たちの家に泊まりこんで、毎日病院に通い、夫の看病に精を出した。これも夫が退院するまでのことと、私は半分諦め、一歩引いた形でこの二人を見守った。

一人息子の身の回りの世話を嬉々として続ける義母は、遠慮している私を「気が利かない」とあからさまにののしった。

「そんなのだから久典は病気になったのだわ」

以前のように私をかばう気のなくなった夫は、ぼんやりと病室の天井を見つめていた。

自宅療養となった夫と私を前に、義母はこの家で一緒に住むと宣言した。ちらりと盗み見た夫の顔に、安堵の表情が浮かぶのを、私は暗澹たる気持ちで眺めた。七十の声を聞いても体も気力も丈夫な義母は、さらに全身のエネルギーを漲らせて、もとの家を処分し、荷物をまとめて我が家へ引っ越してきた。

私は「いずれはもう少し大きな家を捜して移ろう」という夫の言葉に一縷《いちる》の望みを託すしかなかった。幸いなことに、夫はしばらくして職場に復帰することが出来た。

「久典の食生活が改善されたってことだわね」

毎日夫の好物を作り続けることに無上の喜びを見出している義母は言った。私は気持ちを切り替えて、この状況を逆に利用しようと、一日数時間だけパートに出ることにした。

夫が催し物会場の準備のため、帰りが深夜近くなる日、圭子も部活の合宿で家を空けた。私と義母は夕食を終え、居間でテレビを見ていた。ふいに、とんとんとん、と階段を駆け上がる音がした。ああ、久美ちゃんが戻ってきたんだ、私はぼんやりとそう思った。

「あら、圭子が帰ってきたのかしらね」口に持っていった湯呑みを置くと、義母は立ち上がった。私はぎくりとした。久美ちゃんに関して見たり聞いたりするのは、どんなに大勢の人がいたとしても、私一人であるということに長い間慣れていたからだ。

「気のせいだったみたい。歳をとると耳がおかしくなっちゃって」

苦笑いしながら戻ってくる義母を、私は食い入るように見つめていた。

夫の体調はすっかりよくなった。定期的に受けていた検査もしだいに間遠になった。顔色もよくなり、また渓流釣りにも行くようになった。義母は手作りの弁当を持たせて、夫を送り出した。

夫は家にいる時は、義母と会話することが多く、あまり私とは口をきかない。もともと私自身がそう口数の多い方ではないので、これも母親が同居するようになったせいだと思っていた。夫と義母が会話を弾ませているのをそばで聞いている方が、気が楽だし、その方が会社の様子などがよくわかっていいなどと考えていた。

けれどもある日、渓流釣りに出かけた夫が、実は山へなど行っていないのだということが、偶然に知れた。夫には女がいたのだ。デパートのサービス課の若い女の子だった。デパートには女性従業員が多いのはわかっていたが、まさか夫が浮気するなどと夢にも思わなかった私は、心の底から驚いた。だが、もっと信じられなかったのは、息子の浮気を知った義母の反応だった。

「久典を責めようなんて思わないでね」義母はしたり顔で言った。

「あの子は寂しかったんでしょうよ。私もここで暮らすようになってわかったんだけどね。あなたは本当に面白味のない女だわよ」

私は二の句がつげなかった。

「久典の話を聞いてるんだか、聞いてないんだか。あれじゃあ、食事だって砂を噛むようなものでしょうよ。ほんとに鈍感でのろまなんだから、あんたは」

とにかく、私は夫と二人きりで話がしたかった。けれども義母はそうはさせなかったし、夫も母親が夫婦の話し合いにしゃしゃり出てくるのを許した。義母を隣に座らせて私と向かい合った夫は、近所の家に母親同伴で謝りに来た悪たれ小僧のように見えた。立て板に水を流すように、夫の擁護を続ける義母の言葉を聞きながら、私はしだいに体の力が抜けていくのを感じた。けれども、どうやら夫は相手の女性と別れる気はなく、のみならず一緒になりたいという意向がわかっては、黙っていられなかった。

「私と別れたいってこと？」

夫は黙り込んだ。

「まあ、そういうことになるかしらね」代わって義母が返事をした。曖昧な、取り繕うような笑みさえ浮かべていた。

「そんなこと納得できません。私、別れませんから」

さすがの義母も苦虫を噛み潰したような顔をして黙った。

それまでに、義母との同居生活を快適にするためにと、新築のマンションを購入する話が進んでいた。義母も購入資金の一部を負担してくれるようになっていたのだが、どうやらそれは、不倫相手との新生活を踏まえてのことではなかったかと私は訝《いぶか》しんだ。夫はマンションへ移るまでに、私との離婚をまとめようとしていたのだ。義母はこの計画にどれほど介入しているのだろうか。疑心暗鬼になった私は考えた。とにかく、建設中だったマンションは完成し、私たち一家はそちらに移ることになった。私たち夫婦の別れ話は宙ぶらりんになった。夫とその女性との間も続いていた。私は意地になって、黙々と引っ越しの作業を続けた。

「ああ、こんな家とはさっさとおさらばしたいよ。何かおかしな気配がするんだよ。古いせいかねえ。ああ、いやだ、いやだ」

「やめてよ、お祖母《ばあ》ちゃん」このところ、両親の険悪なムードを敏感に感じて寡黙になっていた圭子も、新しいマンションでの生活を目前にして浮かれていた。

　圭子の転校手続きもすませ、私たちは新しい生活に馴染んでいった。

夫は極端に口数が少なくなった。特に私とは、目も合わせようとはしなかった。さすがにしらじらしく嘘をついて渓流釣りには出かけられないらしく、代わりに帰宅時間がどんどん遅くなった。

「今日も遅いのかい？」夫を送り出す時に、義母がわざとらしく掛ける言葉が、私の胸に突き刺さった。それは暗にこう言っていた。

「今日もあの女に会うんだね」

部屋数は増えたのに、マンションでの生活は、四角い箱の中に閉じ込められたようで息苦しかった。

ある秋の日の夕暮れ時、ベランダで洗濯物を取り入れていた私は、ふと手を止めて手すりに寄りかかり、ぼんやりと夕焼けを見つめていた。見慣れたはずの街が夕日に照らし出されて、まるで知らない場所に思えた。私はいったいここで何をしているのだろう。無性に生まれた町に帰りたくなった。あのるんびに幼稚園のある町に。

「仁美さん！」そんな私を見咎めて、家の中から義母が声を掛けてきた。「さっさとそっちをすませて、夕飯の支度をしてちょうだい」そう、いつもの調子で言われるのを覚悟して、私は洗濯物を取り込み始めた。

ところが、義母はそれきり黙った。ふと気になって、ガラスサッシの向こうの彼女を見ると、義母は青ざめた顔で一点を見つめている。その視線を追って、私ははっとした。一枚のシーツがはためく、その下から、子供の足がのぞいているのだ。

「久美ちゃん……」声に出さずにそう呟いた。まさか、義母はこの子の足を見ているのだろうか。それを試すように、私は思いきって洗濯ロープから一気にシーツを引き下ろした。何もなかった。その向こうには灰色のコンクリートと、枯れかけたコニファーの鉢があるだけだった。

義母はくるりと踵を返すと、大急ぎで家の奥へと消えていった。

その日の晩、珍しく早く帰ってきた夫は、私に話があると言った。圭子は友達と映画に出かけて、帰りは十時過ぎになるはずだった。

「彼女に子供が出来たんだ」

夫の言葉を多分、私は理解できなかったのだろうと思う。

「は？」と間の抜けた声を出してしまった。

「それで、いつ生まれるの？」間髪を容れず、義母が尋ねた。

「来年の五月」むっつりと夫が答える。

「それは困ったわね」私の表情をうかがいながら、義母が言った。

「どうしたらいいかしら、ね、仁美さん」

夫の浮気が知れてからの数か月、私たちはこの問題に触れることなく、黙々と暮らしてきた。古い家から新しいマンションに越し、圭子を転校させ、新しいパートを見つけた。この間に私は夫に相手の女と別れてくれるように望んでいたのだが、夫と義母は、私が別れる決心をするのを待っていたのだ。それが今、やっとわかった。

「堕《お》ろしてもらってください」

暗い声を絞り出すようにそう言った。義母の態度が一変したのはその時だった。

「とんでもない！」膝をにじらせて夫の前に出てくると、私にこう言い放った。

「男の子かもしれないのよ。仁美さん。あなたはとうとううちの跡取りを産めなかったじゃないの！」

その言葉は、完膚なきまでに私を打ちのめした。返す言葉もなく、夫に視線を移すと、夫はうつむいたまま、それに対して何の弁明をする様子もない。

夫も私も二人目の子供を望んだのに、どうしてもそれはかなわなかった。せめて、私のために、それだけでも義母の前で申し開きをしてほしかった。けれども今やそんな思いやりは微塵もないらしい。勝ち誇ったような口調で義母はまくしたてた。

「跡継ぎがどうのこうのっていうのは、古くさい言い草だっていうのはわかっているわ。いまどき、そんなことを口実に別れさせられるのは理不尽だと思うでしょう。でもね、久典は優しいから、そんなことは言い出せない。嫌われるのを承知で私が言うんだけれども――」ふいに義母は口をつぐんだ。

いつの間にか、耳を押さえるようにして畳の上にかがみ込んでいた私は、そろそろと身を起こした。顔面蒼白になった義母は、これ以上ないというくらい両の目を見開いている。夫も訝しげにそんな母親の横顔を見つめている。

義母は、両手でさっと口を押さえた。そうしないと自分の意志に反して、叫び声を上げてしまうとでもいうように。私ははっと思いついて、後ろを振り返り、いつの間にかとっぷりと暮れてしまった窓の外を見た。

何もない。

ただ、重量感のある闇が、窓を押しつぶさんばかりに、べったりと広がっていた。

けれども、私は何が起こったのか即座に理解した。

「ああ、もういやっ！」

義母は立ち上がって窓のそばへ駆け寄り、引きちぎらんばかりの勢いで、カーテンを閉めた。彼女はそのまま、狂ったように家中のカーテンを閉めていった。あっけにとられてその様子を見ていた夫は、ようやく我に返ったのか、母親の後を追った。義母はそれを振り切るように自室に入ると、引き戸を音をたてて閉めてしまった。

その日から、義母はあまり自室から出てこなくなった。食も進まず、口数も少なくなった。身の回りのことにも気を遣わなくなった。文字通り、正気を失ってしまった。

夫は母親を気遣って、病院に連れて行こうとした。が、義母はがんとして言うことをきかなかった。

夫にとって、別の意味で義母の憔悴は由々しき問題だった。何としても私と別れて不倫相手と一緒になりたい夫にとって、母親の援護は絶大な力を持っていた。

「いったいどうしたっていうんだ。しっかりしてくれよ」

自分の思い描いていた青写真どおりにことが運ばなくなったので、夫はいらいらしている。

「どうして、どうして？　ここにまでついてくるの。こんな新しいマンションにまで」

義母はぶつぶつと呟いた。

「何のことをいっているんだ。わかるようにしゃべってくれよ」夫はとうとう義母に当たった。無理もない。夫にはわかりようもないだろう。答えは私だけが知っている。あの子はあの古い家についているわけではない。この私についてくるのだ。

義母は日に日にやせ衰えていった。

私の知る限りでは、あれ以来久美ちゃんは現れていない。けれども義母は常にその影におびえていた。小さな物音に耳をそばだて、鳥の姿におののいた。いつも落ち窪んだ両の目をぎょろぎょろと動かしている。それはひどく異様な光景だった。

もう何もかも義母の頭の中から追い払われた。かわいい息子のことも、待望の男の孫が生まれるかもしれないことも。夫はますます家から足が遠のいた。時には何も言わず外泊してくることもあった。

けれどももう私は気にならなかった。

高校受験を控えた圭子は、早めの夕食をとると、毎日、塾へ出かけていくようになった。大手の予備校へやれるほどの経済力はないので、近所の個人経営の塾へやっているのだが、圭子にはそれが合っているようで、楽しそうに通っている。

「お祖母ちゃんは？」

「いいのよ。あとでお母さんが部屋へ持って行くから。早く食べてしまいなさい」

義母は食事をとるために居間へ出るのさえ、億劫がるようになった。圭子が出て行ってから、義母と向かい合わせで食事をするのも気が重いので、部屋へ運ぶようにしている。

お盆に食事を載せると、義母の部屋をノックする。返事はないが、いつものことなので、かまわず引き戸を引く。義母はこたつに入ってぼんやりとしている。テレビに向かっているが、スイッチは入っていない。

「お母さん、ご飯、ここに置きますよ」

目の前に盆をすべらせると、はっとしたように私の方を見た。

私はかいがいしく義母の世話をやいている、ように見えるらしい。

「えらいわねぇ、よくしたげるわよねぇ」パート先の主婦仲間は、そう私を褒めそやす。

その後に続く、「旦那に浮気までされているのに」という言葉は、腹の中に呑み込んだままだ。夫は、女に深夜、マンションの玄関先まで車で送らせるほど、大胆な行動に出ていた。

「仁美さん、あのさ……」

義母はカラカラに乾いた声で何かを言いかける。

「はい、何ですか？」わざと明るい声で私は問い返す。義母が私の目を覗き込むようにして、逡巡しているのがわかる。いるはずのない、小さな女の子が見えるのは、なぜなのだろう。義母はしんからおびえきっている。ほんとうにあの子は存在しているのか、それとも自分が狂っているのか。それを確かめる術《すべ》はない。不確かなままそれを口にしてしまえば、自分はまともでないと自ら認めてしまうことになる。

私が幼い頃、難なく越えた常識の壁が義母の前に立ちはだかっているのだ。

「受け入れてしまいなさい。そうすれば楽になれるのに」声に出さずにそう呟いて、私はそっとほくそ笑む。

「いいえ、いいのよ。なんでもない」

義母はきっぱりとそう言うと、箸を取った。今日のメニューは圭子の好物のハンバーグだ。

「毎日、毎日、お子様ランチのオンパレードだわねぇ。早くに母親を亡くして、ろくに料理も出来ないのね。仁美さんは」かつて夕食のおかずにいちいち文句を言っていた義母なのに、今は力なく皿を引き寄せた。

コツン、

きっちりと閉じたカーテンの向こうで、かすかな音がした。義母の箸が止まった。

コツン、

十四階の部屋の窓を誰かが外から叩いている。義母は、今度は猛烈な勢いでご飯をかき込み始めた。幻聴だと自分自身に思い込ませようとしているのかもしれない。

コツン、コツン、

無情にも音は続いている。私はさっと立ち上がって、窓に近づいた。

「やめて、仁美さん!」義母が叫んだ。汁椀が倒れて、畳の上に味噌汁がこぼれた。

私は躊躇することなく、一気にカーテンを引いた。

外の闇の中に久美ちゃんが浮いていた。一番初めに見た時と同じように、鮮やかに。ふっくらした頬に、赤く毛細血管が通っているのさえ見える。丸い襟や、スカートのプリーツは夜風に軽くはためいていた。

どしんっと義母が尻餅をついた。大きく開いた目は、あの美しい子供を確かにとらえている。私は、すばやく義母に駆け寄って、耳に口を寄せた。

「お母さんにも見えるんですね」義母は、いやいやをするように首を振った。私は容赦なく続けた。

「あの子が」

義母はヒィィィィッっと細い叫びを上げた。両の目が、すとんとひっくり返って白目になったかと思うと、そのまま気を失ってしまった。

窓の外にはもう何も見えない。私はゆっくりと立ち上がってカーテンを引くと、醜く倒れ込んだ義母に向かって微笑みかけた。

その日から義母は正気を失い、ほとんど寝たきりになってしまった。

夫は女と別れてすごすごと家に戻ってきた。妊娠した、というのは、どうやら夫の気を引くための嘘だったらしい。まともな若い女性なら、金があるわけでもない、くたびれた中年男と一緒になろうなどとは思わないだろう。自分の大いなる勘違いにやっと気づいたというところか。友人か家族の助言があったのかもしれないが、実のところ、夢見た新築マンションでの新婚生活に、寝たきり老人の介護というおまけがついたことで、目が覚めたのだろう。

夫は家の中で小さくなっている。今や、家の中を取り仕切っているのは私だ。圭子は希望の高校に合格し、また明るさを取り戻した。

私はパートを辞めて、つきっきりで義母の世話をしている。私は今の生活が楽しくてしょうがないのだ。義母の認知症は、行きつ戻りつしている。時には意識がはっきりとし、しっかりとしたもの言いをすることもある。そんな時、私は義母の耳元で囁くのだ。

「お母さん、ほら、あの子が来ていますよ」

義母の清明となった意識は、また混濁の中に去っていく。

あれから久美ちゃんは、私の前には現れてはいない。もう二度と戻ってこないかもしれないし、何年か後にまたひょっこり現れるかもしれない。

けれどももうそんなことはどうでもよい。

私は今の生活が楽しくてしょうがない。

柘榴《ざくろ》の家

直也《なおや》は、路地の奥から表通りをうかがった。人通りはあいかわらず多い。まだ二時かそこらのはずだが、天気が悪いので通りは暗い。これで雨にでもなったら最悪だ。直也はポケットから携帯電話を取り出すと、路地に出されたペール缶のゴミ箱の中に捨てた。

十日ほど前、海岸近くの公園で痛めつけた高校生から奪い取ったものを使い続けたために足がついたのだろう。さっき職務質問をしかけてきた警察官の顔を思い浮かべた。学校を出たばかりのような童顔の警官だった。職質を振り切って逃げられたのはラッキーだったが、今頃はこの近辺に手配が回っているに違いない。

直也はそろりと路地から足を踏み出した。そしらぬ顔で、人込みの中に紛れ込む。ポケットの中で小銭が鳴った。携帯と一緒に奪った金も底をつきかけている。ひと月前まで、直也を置いてくれていた怜奈《れな》のアパートの部屋が恋しかった。あそこにいれば怜奈が食べさせてくれたし、金遣いの荒い直也には充分とはいえないまでも、小遣いもくれた。

けれどもひと月前、突然、怜奈の父親が田舎から出て来た。そして、ブティックで働いているはずの怜奈が風俗で働いていること、直也というヒモを養っていることが即座に知れてしまった。怒り狂った父親は、直也を叩き出した。ケンカには自信のある直也だったが、田舎で土建業を営んでいるという父親の腕っぷしは、ことのほか強かった。おまけにえらく体格のいい兄まで現れては歯が立たない。直也は文字通り、身ひとつで追い出されてしまった。今頃は、怜奈は田舎に連れ戻されているだろう。俺のことが恋しくて泣いたって、あとの祭りだと思ってみるが、負け犬の遠吠えにしかならない。

　歩いているうちに、最寄りの駅に着いた。ラーメン屋からうまそうな匂いが漂ってきて、腹の虫が鳴いた。直也は、足早にその前を通り過ぎた。今は腹ごしらえよりも、この場から少しでも遠くへ離れることだ。自動券売機の前で、ポケットから有り金を全部出してみる。くしゃくしゃに丸まった千円札が一枚と、あとは小銭だけ。直也はろくに駅名も見ないで、それで買えるだけの距離の切符を買った。

　ＪＲの電車はすいていた。冷房はあまりきいていない。雲は低く垂れ込め、ますます暗くなってきた。心地よい揺れに身をまかせていると、体中の力が抜けてうとうとしてくる。眠りに落ちながら、「俺の人生なんかクソみたいなもんだ」と直也は呟いた。

　暴力事件と窃盗を繰り返して、十五の時から少年院を出たり入ったりした。高校を中退した後は一人暮らしを始めたが、職についても長続きせず、とうとうアパートに住み続けることが出来なくなった。ボストンバッグひとつで遊び仲間の家を転々としながら、まともな時は臨時雇いの職につき、まともでない時は、恐喝や窃盗をして、日銭を稼いだ。そんな生活だから、付き合う友人は、どんどん悪くなっていった。気がつけば、中国人やイラン人などを含む大掛かりな窃盗団の下っ端の方にいて、さすがにこれはやばいと思って、こっそり抜けた。今でもそいつらにばったり出くわしたりすると、愉快とは言えない状況になるのは明白だ。

そうこうしているうちに二十歳になった。高校時代の友人たちが、これで胸を張って酒が飲めるなどと幼稚なことを言っている時に、直也はこれからは悪事を働くと刑務所行きだと自分に言い聞かせた。そんな時に怜奈に出会った。どうしたわけか怜奈は直也にぞっこんで、どんなに邪険にしてもまとわり付いてきた。怜奈のところに転がり込んで、飽きるとぷいと出て行くが、またふらりと戻って来るということを繰り返した。

怜奈は「ふっくら」という域をいくらか出るほど太ってはいるが、それ以外はチャーミングでかわいらしい女の子だった。男に貢ぐことを至上の喜びとしている。このような女がいると聞いてはいたが、まさか自分がその対象となるとは思わなかった。直也でなくてもよかったのかもしれないが、ターゲットを決めたら一途に貢ぎ、そんな自分に酔っているというふうだった。

直也にしても、何週間も連絡なしに家を空けても（たとえ別の女のところにいたとしても）、いつも笑顔で迎えてくれる怜奈は、有り難い存在だった。直也を養うために、怜奈は迷うことなく、当時勤めていたブティックをやめて水商売に入った。スナックからキャバクラへと実入りのよい勤め先に、直也の言うがままに替わった。そんな怜奈を、勤めが終わる時間に迎えに行ったりする優しさを見せた時もあった。けれど、それも気まぐれな直也の、たったひと時の振る舞いだった。

パチンコやスロットマシンの負けが込んでいらいらしたり、泥酔したりした時などは、怜奈に殴る蹴るの乱暴を働いた。水商売のせいで濃くなった化粧をドロドロに溶かせて、怜奈は泣き喚いた。

「バカ！　てめえの顔を見てみろよ！　まるで妖怪だぜ。なんで黙ってるんだよ！何か言えよ！」

なんで俺なんかに尽くすんだという言葉が言えない。俺みたいなクソ野郎に尽くすお前は脳みそが足りないんだよ。

風俗で働くようになった怜奈は、なぜか生き生きして見えた。

「体は商売道具だから、殴らないで」

と、きっぱり言われた時には直也の方が慄いた。

だから、きっとこうなってよかったのだ。あのまま風俗で働いていたら、多分直也は捨てられていただろうし、怜奈は自分から望んでどんどん深みに入って行ったに違いない。

怜奈のところを追い出されても、行く当てはなかった。怜奈の稼ぎのおかげで、羽振りの良かった直也について回っていた遊び仲間は、皆そっぽを向いた。それでも貸しのある奴の家に無理やり押しかけて、二週間ほどは粘ったが、その後はカプセルホテルや二十四時間営業のインターネットカフェや漫画喫茶を渡り歩いた。とうとう金が底をつき、ゴミ捨て場で拾った果物ナイフを使って、暗闇の中で強盗を数件働いた。体は、泥沼を這い上がってきたようにくたくたで重かった。腹も減っているし、何日も風呂に入っていないせいで体が臭かった。

万事休す、そう思った途端に電車がゴトンと揺れて停まり、直也ははっと目を覚ました。そして、閉まりかけたドアをかいくぐってプラットフォームに降り立った。

駅舎を出ると、駅前には、さびれた商店街が続いていた。振り返って駅の名を確かめてみるが、見知らぬ駅だ。そんなことをしても意味がないと、自分を笑った。もうここしか自分の来るところはなかったのだから。足を引きずるようにして、商店街の中を歩いていく。六割方はシャッターが下りている。開いている店も、やる気なげに色あせた商品を並べている。店の奥に目をやると、電気代を節約するためか、暗い店内から店番をしている年寄りが、どろんとした目でこちらを見ていた。

「けったくその悪い町だ」

心の中で呟く。すぐその後から、今の俺にぴったりだという言葉がわいてくる。

雨風で朽ちかけたオーニングをいっぱいに伸ばした肉屋があった。薄汚れた白衣を着た店主が、ガラスケースの向こうで肉を切っている。

「ちくしょう、分厚いステーキでも食いてえなあ」

直也はガラスケースの中をちらりと覗いた。アルミのトレーに、溢れんばかりの骨付きのぶつ切り肉が陳列してある。どのトレーも同じ肉だ。値札も何もない。いったい何の肉だろう。そう思った途端に、店主がまな板に向かって大きな肉切り包丁を振り下ろした。痩せた腕に似合わぬ大きな音が、ドスンッと低く響いた。なぜだか直也は、全身の産毛が逆立つのを感じ、足早にその場を離れた。

一人の通行人もない商店街を抜けると住宅街だった。直也は、やみくもに歩を進めた。当てずっぽうで、あちこちの角を曲がる。時折、車が追い越して行くものの、やはり住人の姿を見ることはない。

小さな町なのに、えらく寺の数が多い。

小学校の校庭に、子供の姿を認めてほっとした。当たり前じゃないか。ばかばかしい。何をびくついているんだ。直也はうつむいて笑った。けれど、この町の静けさは気に入らない。さびれた町はこんなものかもしれないが、天気はいっそう悪くなって、今にも雨が降りそうだし、不安な気持ちが募ってくる。

　いちだんと大きな寺の前を過ぎると、向こうの角をパトカーが曲がって来るのに気がついた。動悸が激しくなった。ここまで来て捕まったら何にもならない。直也は平静を装って、すぐそばにあった家の門を入った。門の内側に大きな柘榴の木が立っている家だ。青い実がたわわについている。あたかも、そこの住人か訪問者であるかのように玄関前に立つと、背後をパトカーがゆっくり通り過ぎた。ほっとして振り返ると、ブロック塀越しに行き過ぎたパトカーが停まるのが見えた。直也は、また玄関に向き直ると、たてつけの悪いガラス格子の引き戸を引いた。三和土《たたき》に立って、後ろ手に戸を閉める時、パトカーの扉が開く音が聞こえた。あやしまれただろうか。細く開けた引き戸の隙間から、こちらを見ている二人の制服警官が見えた。何やら話し合っているようだ。家の中は、むんむんと暑いのに、冷や汗が流れ出た。家の奥で物音がした。鍵が掛かっていないのだから、家人がいるのはわかっている。直也の頭はフル回転して、何とか知恵を絞り出そうとするが、出てくるのは冷や汗ばかりだ。背中にシャツがぺたりと貼りついている。暗い廊下の向こうから、ひそやかな足音が伝わってきた。二人の警官も意を決して門の中に足を踏み入れた。

直也はとうとう観念して家の中に向いた。奥から出てきたのは、小柄な老婆だった。やや前かがみだった姿勢が、直也を見た途端、すっと持ち上がり、大きく目を見開いた。

「修平《しゅうへい》！」

老婆の口から、見知らぬ人の名前が出たのと、玄関の扉がガラガラと開いたのが同時だった。

「ごめんください」

警官が老婆に向かって言った。

「こちら、宮本《みやもと》さんのお宅ですよね」

耳が遠いのか、老婆は返事もしない。ただ、まじまじと直也を見つめている。片方の警官が一度外へ出て、表札を確認した。

「宮本正太郎《しょうたろう》さんは？」

老婆は、やっと警官に気づいたように視線を移した。

「正太郎はうちの亭主ですが？」

「じゃあ、失礼ですがあなたは？」

警官は畳みかける。

「あたしはトモ。正太郎の家内です」

眉間に寄せた皺が、老婆の不機嫌さを表している。返事をするのもうっとうしそうだ。

「何ですか？　あんたら」

その言葉は、警官に向けられたものだ。直也ではなく。

「では、こちらの方は？」

前に立った警官が、直也を指して尋ねた。直也は目を閉じた。宅配業者やセールスマンを今から装うのには無理がある。もう終わりだ。刑務所は少年院とは違って厳しいだろうな。何年くらい喰らうだろう。自供しなければ、強盗の方はわからないかもしれない。何せ真っ暗闇の中での犯行だったから、被害者も俺の顔なんか憶えていないに違いない。

「これはうちの孫です」

きっぱりと老婆が言うのが聞こえた。そろそろと目を開けた直也の目に、うろたえた表情の警官が見えた。

「確かですか？」

やや小さな声で後ろの警官が問いかける。

「当たり前じゃ。あんたら、わしのことをボケ老人とでも思っとるんか。この子は孫の修平じゃ。間違いない」

「し、失礼しました」

二人の警官は、あたふたと玄関の外に出た。

「いや、近隣で強盗事件が頻発しておりまして、我々は特別警戒を――」

「強盗じゃと？　うちの孫がそんなもんに関係しとるとでも言うんか。あんたら」

警官は、平身低頭でパトカーに戻っていった。あわただしく発車していく音が響いた。

直也は、あっけにとられて老婆の剣幕と、去って行く警官たちを見ていた。裸足で三和土に下りてきた老婆は、大きな音をたてて引き戸を閉めると、直也にむしゃぶりついてきた。

「修平、あんた今までどこにおったの。祖母《ばあ》ちゃん、心配したよー」

直也は突っ立ったまま、一言も出ない。老婆に揺さぶられるまま、頭をガクガクさせた。ただ、刑務所の鉄格子が遠ざかったことだけは確かなようだ。老婆は直也の腕を取って、上がり框に足をかけ、奥へ引っ張り込もうとする。

「さあ、さあ、祖父《じい》ちゃんに顔、見せてやりなさい。喜ぶから」

「う、うん」

状況をのみ込めない直也は、もたもたと靴を脱いだ。その靴を見咎めて老婆は言う。

「きったない靴履いて。後で祖母ちゃんが新しいのを買ってやるわ」

老婆の後をついて家の奥へ進んだ。今になって家の外観を思い出すと、古ぼけた小さな平屋だった。廊下といってもいくらもない。すぐに突き当たった。トモという名の老婆は、右手の襖を開けた。

「お祖父さん、修平ですよ。修平が帰ってきてくれましたよ」

トモの肩越しにベッドが見えた。そこに痩せ細った老人が、寝巻きに薄い肌かけ布団で横になっていた。

「お祖父さん、お祖父さんったら！」

トモは乱暴なくらい老人の肩口を叩く。すると、老人はとろんとした目を開けた。

「ほら、修平、祖父ちゃんにもっと寄って。何か言ってやって」

トモが場所を明け渡した。直也は仕方なく、おずおずと老人に近づいた。老人は、歯のない口をあけて、

「ああ」

とだけ声を出した。

「わかったんだね。修平が。よかったね。お祖父さん」

直也は、この部屋にこもった臭いに我慢がならなくなっていた。老人の体臭と、大、小便の臭いと、消毒薬の臭い。しらずしらずのうちに、息をつめていた。トモは、おかまいなしに直也の手をとると、老人の手を握らせた。

「さあ、祖父ちゃんって言ってやらんと」
「じ、祖父ちゃん」
老人はまた、「ああ」と答えた。

とうとう雨が降り出した。庭の柘榴が雨に打たれて、小さな葉がてらてらと光っている。直也は開け放たれたガラス戸を前に、居間に座ってそんな庭を見ていた。道から見たよりも、庭は広く感じられた。濡れ縁の前には、靴脱ぎ用の平べったい石が据えられ、その向こうは小ぢんまりした日本庭園になっている。お決まりの庭石や石灯籠が配置されていて、イヌツゲやツツジの低木が植えられているが、あまり手入れがいいとは言えない。その奥の、門のかたわらに柘榴の木が植わっているという具合だ。ブロック塀沿いには、小さな家庭菜園まである。

トモは、居間の続きの台所に立っている。うまそうな匂いが、直也のところまで漂ってきている。蓄積した疲労と、警官に出くわした衝撃とで、頭がうまく働かない。ただ、今外に出て行くのは危険だということだけは本能的にわかった。犯罪を重ね、やばい仲間と付き合っているうちに、自然と体に組み込まれた警報機が点滅していた。

「手は洗ったのか？　修平」
背中を向けたまま、何やらザクザク切っているトモが、大きな声を出す。

「あ？　ああ」

命じられるまま体が動いて、直也は立ち上がって洗面所に向かう。ついでに用を足した。築三十年はゆうにたっていると思われるこの家の水まわりは古びていて使いにくい。トイレは和式で、水の流れも悪かった。木製の窓枠に、お札が貼ってある。

居間に戻ると、トモが卓袱台の上に夕飯の皿を並べていた。直也は、よそってもらった白飯にかぶりついた。煮魚に、焼きナス、冷奴、味噌汁という普段あまり口にしない献立だが、今は腹におさまるものなら何でも、いくらでも食べられそうな気がした。トモは、そんな直也の様子を、にこにこしながら見ている。

「ほんとに帰ってきてくれたんだねえ。祖父ちゃんも大喜びだったろう？　あんなに弱ってしまってびっくりしただろうけど……」

トモは割烹着の裾で涙をぬぐった。

「あんたが、ぷいと出て行ってしまってからもう何年たったかねえ。また一緒に暮らせるとは、あたしもね、思ってなかったもんねえ」

しわくちゃな口をもぞもぞ動かしてトモはしゃべり続けた。直也が一言も返事を返さないのもまるで意に介さない。

「でもね、あんたは小さい時から優しい子だったもの。きっとあたしらのこと、忘れるはずがないと思ってたよ」

雨がひどくなってきて、トモは立っていくと、庭に面したガラス戸を閉めた。戸を閉めきると、あの老人の部屋の臭いが、家中に充満するようで、直也は大急ぎで飯をかき込んだ。空になった茶碗を、トモは横からさっと奪い取ると、また白飯を大盛りにした。

「なあ、修平。あんたの戻るとこはここしかないんだよ。もう、お父さんもお母さんもいないんだから。そうだ、後で仏壇を拝んでおいきよ。きっと二人とも喜んでることだろうよ」

直也が食べ終わると、トモは食器を片付け、

「さあ、今度はお祖父さんのご飯だ」

と言うと、盆を持って老人の部屋へ入っていった。

腹が一杯になると、直也の思考も働くようになってきた。どうやら、この家の老婆は、自分を孫だと勘違いしているようだ。修平という孫は、だいぶ前に家出してしまったのだ。老婆の話から察するに、両親を亡くした修平は、祖父母に育てられたらしい。老人の部屋の隣の部屋が、どうやら老婆の部屋らしく、そこに小さな仏壇がある。直也はその部屋に入ってみた。仏壇の前の、綿のはみ出した座布団に座る。仏壇の中に小さな写真があった。顔を近づけてみると、見知らぬ若い男女が写っていた。その修平という孫は、自分に似ているのだろうか。それとも、あまりにも前に家を出てし

まったせいで、老婆は顔を忘れてしまったのだろうか。そのどちらもありそうになかった。

　そうなると、さっき婆さんが自分で言ったように、ボケてしまっているより他には考えられない。あの風貌からすると、七十五は越えているだろう。ボケが始まっていても不思議ではない。そう勝手に思い込んでいるのだから、しばらくは思い込ませておこう。そうすれば警察が警戒を解くまで、この家に潜伏できる。直也は、ここ数日過ごしてきたような、二十四時間営業の店を渡り歩く生活には、もううんざりだった。それに第一、金がもう一円もないのだ。

　だが、あの爺さんの方はどうだろう。見たところ、寝たきりのようだが、もしかしたら頭はしっかりしているのかもしれない。しかし、どうやらうまく口がきけないようだ。気をつけていて、ばれそうなら逃げ出せばいい。婆さんの財布から金を抜くか、痛めつけて金の在りかを吐かせて奪うかすれば、しばらくはなんとかなるだろう。直也はにんまりとほくそ笑んだ。まったく、捨てる神あれば拾う神ありとは、よく言ったもんだ。俺の運もまだ尽きてないようだ。

　いきなり、隣の部屋の襖がガラリと開いたので、直也は驚いて、鉦《かね》を鳴らして仏壇に手を合わせた。そんな直也を見たトモは、嬉しそうにそばに寄ってきて、ぺたりと座った。

「茂《しげる》、京子《きょうこ》さん。修平が帰ってきたよ」

そう言うと、「ナンマイダブ、ナンマイダブ」と手を擦り合わせた。


一週間ぶりに入った風呂は気持ちよかった。

細かいタイルの貼られた洗い場で思いきり、体を擦っていると、脱衣所にトモが入って来た。ガラス戸の向こうから、

「何も着替えがないから、あんたが中学の時の服を出しておくよ」

と声をかけてくる。

「うん」

そう答えるしかない。

「明日、スーパーで新しい下着を買ってくるからね」

トモは孫の世話が出来るのが、嬉しくてたまらない様子だ。

好きにするさ、と直也は思った。とにかく手足を伸ばして布団の上で眠れるのだ。それがなにより有り難かった。俺たちは、利害関係が一致したのさ。直也は声を殺して笑った。

修平はかなり大柄だったようだ。中学時代のジャージが直也にぴったり合った。部屋も、修平が使っていたという所へ連れて行かれた。小さな家屋だ。爺さんの部屋と

婆さんの部屋、そしてその部屋の三部屋より他に部屋はなかった。

あの爺さんの部屋から離れているのでほっとした。トモが襖を開け閉めする度に、胸の悪くなる臭いが漏れ出してくるのだ。あれは死臭だな。直也は、顔をしかめながら考えた。あの爺さんは、もう半分死んでいるのだ。

押入れから出してきた布団は、長く使われていなかったのか、じめっと湿っているような気がした。が、ぜいたくは言えない。少しでもあの臭いを追い出そうと、窓を開けて直也はぎょっとした。窓の向こう一面が、墓場になっているのだ。そういえば、この家の隣は寺だったと思い出した。

「いちいちうっとうしい家だなあ」

声に出してそう言うと、布団の上にひっくり返った。すぐに寝入ってしまった。

雨は一晩中、降り続いた。直也は、トモではなく、自分自身の祖母に甘えている夢を見たような気がしたが、朝になるとすっかり忘れてしまっていた。

怜奈の家にいる時は、昼より前に起きたことがなかったのに、朝の光が差し込んでくると、直也は目を覚ました。狭い家なので、歩き回っているトモの気配がした。朝食の準備をしているのだ。干物を焼く匂いがした。

直也はしばらく布団の中でぼうっとして、今の自分の置かれた状況を把握しようと努めた。そして、昨日の一連の出来事を思い出した。それでも今ひとつ実感がわかず、起き上がると、窓を少しだけ開けてみた。雨は上がったものの、陰鬱な空の下に、るいるいと並ぶ墓石を見て、やっと完全に目を覚ました。

「しばらくゆっくりしたらいいよ」

トモは、卓袱台の向こう側から、直也に言った。

「祖父ちゃんの年金があるからね。ここであんた一人養うくらい何でもないんだから」

食後にトモは、直也に小遣いを一万円くれた。

「どうも」

直也は、その一万円を折りたたんでポケットに入れた。まったく信じられない僥倖だ。二、三日してほとぼりが冷めたら、こんな家さっさと出て行くつもりだったが、頭から孫と信じて待遇よくしてくれる、こんな家はどこに行っても見つからないだろう。直也は、逃亡生活にほとほと疲れ果てていた。もう少しここに腰を落ち着けて、英気を養うのもいいかもしれない。

爺さんの世話を済ませたトモは、近所のスーパーに出かけて行って、直也の着替えを何着か買ってきてくれた。スーパーに山積みされた衣料品らしく、安っぽくてひどい趣味だったが、当分どこへも行くつもりはなかったから、我慢してそれを着た。居間に戻ってくると、塀の向こうをパトカーが通るのが見えてはっとした。やはり、しばらくはここに身を潜めておくのが得策だろう。

午後遅くに、居間で映りの悪いテレビを見ていたら、表の方でトモが誰かと声高にしゃべっているのが聞こえてきた。直也が様子をうかがう暇もないうちに、トモが六十前後の太った女を後ろに従えて庭に回ってきた。

「修平、隣の晴美《はるみ》おばさんだよ。憶えてるだろ？」

多くの人に顔をさらすのは嫌だったが仕方がない。

「あ、こんちは」

ぺこりと頭を下げる。

「修ちゃん、ほんとに修ちゃんなの？　まあ、十年振りじゃないの。ほんと、お祖母ちゃんがどんだけ心配したことか……」

晴美は、直也の頭の先から足の先まで、じろじろと視線を這わせた。ボケた婆さんとは違う。案外こんな主婦は、観察力が鋭いのだ。直也は全身を緊張させた。

「ええ？　あんた今までどこで何をしてたのさ。中学出て、セメント工場に就職したのに、半年もたたずにそこからいなくなるんだもの」

「ええと、いろいろと職を変えてみたんだけど、うまくいかなくて」

当たり障りのないことを言ってごまかす。

「あんたがいなくなって、すぐにお祖父ちゃん、脳梗塞で寝たきりになったんだよ。きっと心労がたたったんだね。その後、お祖母ちゃん一人で世話してたんだからね。

あんた、祖父ちゃん、祖母ちゃんに育てられておいて、ひどいじゃないか。連絡のひとつもよこさないなんて」

「もういいんだよ。晴美さん、修平だって苦労したに違いないよ」

　トモが横から口を挟む。

「苦労？　そういやそうだね。中学生の時と顔つきが全然違うもの」

　もう一度、晴美は直也の顔をまじまじと見た。身が縮む思いがした。晴美の表情に、むくむくと疑惑の念が沸き上がるのが見て取れた。

「修ちゃんの髪の毛は、お母さんに似て天然のカールがかかってたよね。なのにこの子の髪は、ごわごわじゃないか。トモさん、よーく見なさいよ。あんた最近いろいろ忘れっぽいし、もし間違ってたら……」

「冗談じゃない。この子は修平だよ。育てた私が言うんだから間違いない。第一、よその子が何でうちの玄関開けて『ただいま』って帰って来るんだい」

　トモはにわかに激昂した。

「あら、ごめんなさい。そんなつもりで言ったんじゃないのよ。そうだわね。確かに修ちゃんだ。目のあたりが正太郎さんにそっくりだもの」

　そう言い残すと、晴美はそそくさと出て行った。門を出る時に、柘榴の枝に頭が触れて、青い実がせわしなく揺れた。

トモは、十年間、どこでどうしていたのかと質問することも、職を探せとも言わない。せっかく戻ってきた孫が出て行かないように気遣っているのか。そこが直也には都合がよかった。直也も言われるままに正太郎の介護を手伝った。あいかわらず生きているのか、死んでいるのかわからない爺さんだ。風呂に入れるために抱き上げても、枯れ木ほどの重さもない。

「ほら、祖父ちゃん、喜んでいるよ。修平に面倒みてもらって」

とトモは言うが、直也はその表情を読み取ることは出来ない。この部屋にはあまり入りたくなかったが、しばらくこの家に居座ると決めたからには仕方がない。

「おとなしくて聞き分けがよくなったんだよ。祖父ちゃん、昔はさ、体が動かないのがもどかしいのか、暴れて大変だったんだから。あたしなんか、おしめ替える度に殴られて、痣だらけになってたもんね」

ぞっとしない話だ。だが、そうやって手伝った後には、トモは必ず小遣いをくれた。今は使う当てはないから、逃亡資金のためにと大事にとっておいた。

トモが買い物に出かけている隙を見計らって、隣の晴美がやって来た。

「あんたさあ、ほんとに修ちゃんなの？」

まだ疑いを捨ててないらしい。声を出さずに直也がコクンと頷くと、じゃあ、両親の名前を言ってみろと言う。

「父さんは茂、母さんは京子」

その辺はぬかりがない。仏壇の前で、トモが言った言葉をちゃんと憶えていたのだ。

「ああ、そうだ。修ちゃんに間違いない」

晴美はほっとした笑顔を見せた。

「あの二人もかわいそうだよね。たった八歳のあんたを残して死んじゃうんだもの。さぞかし心残りだったろうよ。よそ見運転のトラックに追突されるなんて、ひどい話だよね」

この女はバカだ。ベラベラしゃべって、また俺に情報を流してくれるんだからな。直也は腹の底であざ笑った。バカすぎて救いようがない。まるで怜奈みたいだ。ふいに、怜奈のむっちりとした白い裸体が目の前に浮かんできた。

「正太郎さんの具合はどう？」

晴美に問いかけられて、直也は現実に引き戻された。

「あ、えーと。まあまあです」

息はしているんだから生きてるんだろ、と続けたくなる。

「そう。大事にしたげなさいよ。いえね、あんたを修ちゃんかどうか疑ったりしたのはね。最近、どうもトモさんも、認知症の症状があるんじゃないかと思ったりするもんだから」

　あるんじゃないか、どころの話じゃないぜ。孫の顔もわからなくなっているんだからな。晴美は、のべつまくなししゃべり続ける。

「あれ、おと年だったかしら。トモさん、自分が病院にかかった時、病院から見ず知らずのお爺さんを連れてきたことがあったのよ。正太郎さんと間違えたんだって。いくら何でも、家で寝たきりの正太郎さんと、自分の足で歩いて病院に来た人を間違えるなんて、ねえ。ここで向かい合ってお茶を飲んでる二人を見た時は、肝をつぶしたわよ。相手もボケた爺さんだったらしくて、スタスタついて来たのよねえ。トモさん、自分でどうかしていたんだ、なんて笑ってたけど――だから、修ちゃん、お祖母ちゃんのことも気をつけてあげてね」

　門の向こうにトモの姿を認めると、晴美は「じゃあね」と急いで去って行った。

「ふん、また何かおせっかいを焼きに来たんだろ。晴美さん」

　トモは、買ってきたものを冷蔵庫にしまいながら、ぷりぷりしている。

「あんまり気にしなくていいよ。あんな人の言うこと」

　トモは、真っ赤な熟れたトマトを手に、卓袱台の前にやって来ると、リンゴを剝くようにくるくるとトマトの皮を剝きだした。直也は、はっとしてその手元を見た。トモは、剝き終わったトマトを八つに切り分けると、躊躇することなく、その上から砂糖をたっぷり振りかけた。小さなフォークを添えて、直也の方へその皿を滑らせる。

「はい、お上がり」

「やあ、懐かしいな……」

その後の言葉を、直也はかろうじて呑み込んだ。「俺の祖母ちゃんもトマトをこんなふうにして食べさせてくれたんだ」

トマトを口にふくむと、たっぷりの果汁と砂糖が混じりあった、何ともいえない味がした。

直也は、父親の顔を知らない。小さなスナックを営んでいた母が、結婚せずに産んだ子だった。おおかた、客とでもねんごろになったのだろう。

水商売に忙しく、男出入りの激しい母に代わって、直也のことを気にかけてくれたのが、近所に住む祖母だった。漁港の近くだったので、祖母は魚市場で仕入れた魚をリヤカーに積んで、近隣を売り歩くという商売をしていた。そんな祖母について、直也も朝早くから一緒に歩いたものだった。

ゴムの前掛けにゴム長靴を履いて、手拭いを姉さんかぶりにした祖母は、無骨で荒っぽかった。けれども直也には優しかった。荒れた手で魚の鱗を落とし、手早く魚をこしらえる祖母の手つきを見るのが、好きだった。魚の頭やはらわたを、祖母はぽいっと道端に投げる。すると、すかさず野良猫が寄ってきて、それをさらってゆくのだ。祖母と直也が押すリヤカーの後ろを、猫どもがぞろぞろと行列をつくって、付いて来ていたものだ。

あの頃に戻れたら――。

こんなクソみたいな生き方はしないだろう。人生をやり直せるなら。

昼間も敷きっぱなしにしてある布団の上に寝転んで、直也は考えた。自分の人生を生きなおすことは出来ないが、他人の人生を手に入れることは出来るかもしれない。こうやって、ちょくちょく小遣いをくれるくらいだから、トモは結構、小金を貯めているのかもしれない。このまま、修平という男になりすますことが出来れば、この家も、その金も自分のものになるのではないか。そうすれば、直也が犯した罪を償うこともない。まっさらの人生が手に入るのだ。十年も行方知れずの本物の孫が、ひょっこり帰ってくるなんてこともありそうもない。

直也は、その考えに有頂天になった。どうせあの爺さんは長くは生きられないだろう。いや、待て待て。寝たきりになってから十年も生きているではないか。頭はボケても、体の丈夫なトモともども、あと何年生きるかわからない。

あの二人がいる限り、自由には出来ない。トモさえ不慮の事故に見せかけて始末すれば、後は爺さんに食事を与えないようにして、衰弱死させることが可能だ。直也の脳は目まぐるしく働きだした。階段からの転落死、それとも風呂での溺死。あれくらいの年寄りなら、ありうる事故だ。

　季節は夏から秋へ移った。柘榴は熟れて重くなり、どの枝もたわんで垂れ下がった。

　晴美が民生委員と名乗る女性を連れてきたのは、十月の末のことだった。

「こちら、福本《ふくもと》さん。この地区の民生委員をなさっているのよ」

嬉々として民生委員を紹介する晴美の、不穏な視線を感じた直也は、晴美が未だに疑いを心の内に持っていることを知った。

「この子はね、トモさんのお孫さんの修平さん。福本さんが民生委員になった時には、もう家を出てしまっていたから、初対面よね」

　ちらりと見たトモは、胡散臭そうな表情を浮かべている。老・老介護をしているトモのところには、何度か福本が訪ねて来ているのだろう。

「まあ、余計なおせっかいだとは思うけど、何せ十年も会わなかったお孫さんでしょう？　きちんと身元を調べといた方がいいと思うのよ。あとあと面倒なことになっても困るし――福本さんなら、いい知恵を貸してくださるでしょう」

　ぺらぺらと言いたいことをしゃべると晴美は、自分の出番は終わったとばかりに帰っていった。

「まあ、お孫さんのことは後でゆっくり伺うとして――」

福本は、縁側に腰を下ろすと、大きなバッグから何やら書類を取り出した。それに目を落としながら質問を始めた。

「正太郎さんのおかげんはいかがですか?」

「あいかわらずです」

ぶっきらぼうにトモが答える。

「ええと、介護認定は受けられていませんね」

「ええ」

「じゃあ、介護はトモさん、お一人で?」

「今は、この子が手伝ってくれています」

福本は首を伸ばして、トモの後ろに座っている直也ににっこりと笑いかけた。五十をいくつか出たくらいの年だろう。左の眉毛の上に、盛り上がった大きなほくろがのっかっている。

「介護認定を受けて、ヘルパーさんを頼めばいいのに。随分、楽になりますよ。なんなら、私がケアマネージャーさんに連絡して――」

「結構です」

取り付く島もない。福本はオホホホと笑った。

「でもね、いくらお孫さんがいらっしゃるといっても、これからどんどんお年をとられるわけですし。トモさんが体を壊されると、困るのは正太郎さんですよ」

福本は、直也が口添えしてくれると思うのか、言葉を切る度に直也に視線を合わせてくる。誰がそんなことに同意するものか。直也は、口をへの字に結んだままだ。他人がこの家に出入りするようになれば、直也の計画はスムーズに運ばない。

「お隣の奥さんのお話では、トモさんもここのところ、記憶違いや、ちょっと、そのう、矛盾した行動が目立つということですのでね。そこのところを私は心配しているんですの」

福本も食い下がる。

「とにかく、ちょっと正太郎さんの様子を見させていただきますね」

福本は、さっと立ち上がって靴を脱ぎかけた。

「祖父さんの面倒はちゃんとあたしが見てるんだ。あんたの世話にはならん」

縁側に片足をかけたまま、福本はちょっと動きを止めたが、すぐに気を取り直して上がってきた。トモは、奥へ行きかける福本の前に立ちはだかった。

「あたしはボケとらん！」

また福本はオホホホと笑った。

「何もそんなことは……」

「あたしは何でも憶えてるよ。あんたに五年前、貸した三十万円のこともね」

福本の顔から、潮が引くようにさっと笑いが消えた。

「あんたはあたしがボケて、あのことを忘れるのを待っとるのかもしれんが、ちゃんと憶えてるからね。借用書をしまっている場所もね」

福本は、またオホホホと笑いかけたが、それは見事に失敗した。笑おうとして吊り上げた頬の肉が、ぴくぴくと痙攣した。

「さあ、もう用事はないだろう。帰っとくれ。今度来るのは、三十万を返してくれる時にしてもらいたいね」

福本は、縁側から飛び下りると、靴を履くのもそこそこに、脱兎のごとく庭を突っ切って行ってしまった。


三十万も民生委員に貸すくらいだから、この夫婦は金銭的にはかなり余裕があるのだろう。正太郎の着替えを手伝いながら、直也は考えた。いくらくらい貯えがあるのだろう。三百万？　五百万？　いや、もっとあるかもしれない。葬式代を差し引いても、かなりな金額が残るはずだ。そして何より、この家と土地。古い家だが、直也にとっては初めて手にする安住の地だ。

「ほうら、お祖父さん、こっちの手は動くでしょう。ここに手を通して」

　秋も深くなり、正太郎の寝巻きもガーゼからネルに替わった。前合わせの寝巻きは、寝たきりの老人にはまことに都合よく出来た衣類だ。痩せこけた体に、紙おむつをつけた老人は、トモの言うなりに素直に従っている。

　大分慣れてはきたが、やはりこの部屋で深呼吸することは出来ない。この老人がいなくなった後も、この臭いは染み付いているに違いない。一人で暮らすようになったら、この部屋は閉め切ってしまおう。

「あくお」

　正太郎が口を動かした。

「え？」

　トモが耳を寄せる。老人はまた、

「あくお」

　と答えた。

「ああ」

　トモがにっこりと直也に笑いかけた。

「柘榴って言ってるんだよ。お祖父さん、あれが好物なんだ」

　直也は窓越しに門の方を見た。色づいた柘榴は、ぱんとはじけて、真紅の中身が見えていた。

「あとで祖父ちゃんのために、とってやっておくれ」

「わかった」

トモに渡された剪定バサミとカゴを持って、直也は庭に出た。あの後、正太郎のおしめも取り替えたから、体中に嫌な臭いがまとわりついているような気がする。柘榴の木の下に来ても、死臭のような臭いがして仕方がなかった。手の届くところの柘榴を持って、パチン、パチンとハサミで切りとる。

「柘榴ってこんな実がなるのか」

近くから見るのは初めてだ。もちろん、食べたこともない。けれども祖母から、鬼《き》子母神《しぼじん》にまつわる話は聞いたことがある。人の子をさらっては食べていた鬼子母神が、釈迦に自らの子供を隠され、今までの過ちを悟ったという話だ。その後、釈迦に帰依し、安産と子育ての神となった。人々は鬼子母神に、味が人肉に似ているという柘榴の実を供えたのだと祖母は言った。果実は死人の香りがするのだとも。不吉な植物だ。

トモは、カゴの中からいくつかを取り出して、正太郎の部屋へ持って行った。すぐに出てきて、

「お祖父さんたら、あんなに欲しがっていたのに寝ちゃってるよ。だから、枕元に置いておいたよ」

と笑った。直也にも食べるようにすすめて、トモは夕飯の買い物に出かけて行った。

大皿に盛られた柘榴には、どうにも食指が動かない。この家に来てから、直也は家の中でぶらぶらしているきりだ。外出といえば、秋の彼岸にトモに連れられて、修平の両親の墓参りをしたことだけ。体がなまってきている。筋肉が落ち、何をするのも億劫になった。あの正太郎爺さんの死臭のせいだ。あれにはまったく参る。直也は、今まで病人や死にかけた老人と、ひとつ屋根の下で暮らしたことはない。祖母も魚市場でクモ膜下出血であっけなく死んでしまった。

　生者を生きながらにして、むしばんでいくあの臭いは日に日に強くなって、この家を包み込んでいく。臭い？　いや臭いだけじゃない。もっと得体の知れない、だが確固とした気配。裏の墓場、庭の柘榴、湿った畳、老人の吐息。何かに包囲されているような息苦しさだ。

　しばらく見つめるだけだった柘榴にふと手が伸びた。はじけた所に指を入れて、二つに割る。口に持っていくと、みずみずしい香りがした。死人の臭いだなんて誰が言ったのだろう。粒粒の実を口にふくむ。思わぬさっぱりした甘さを感じた。いつの間にか、柘榴を一個全部食べてしまっていた。

　その時、正太郎の部屋から「グッ！」という声がした。何かを喉に詰めたような声だ。直也はあわてて襖に駆け寄った。襖を開けながら、さっきまで殺そうと画策していた老人が、喉に何を詰めようが関係ないだろうにと、自分を笑った。

正太郎は向こうをむいていた。薄くなった白髪頭がこちらから見える。それがカクン、カクンと揺れている。布団の中を覗いて、直也はぎょっとした。正太郎の口の周りが真っ赤な色でぎとぎとに濡れている。人を食った。一瞬、そう思った。だが、正太郎の手には柘榴の実が握られていた。正太郎は、柘榴にかぶりついたのだった。シーツにまで赤い染みが広がっている。果汁をしたたらせながら、喉を鳴らして柘榴を食べる老人を、直也はあっけにとられて見下ろしていた。

死んだ祖母を見るようになったのは、その晩からだった。祖母は、墓に面した窓からやって来る。男勝りの祖母だったから、窓を乗り越えるなんて何でもない。祖母がやって来ると、部屋中に生臭い臭いがたちこめた。さっきまで魚をおろしていたように、祖母のゴムの前掛けにも、ごつごつした指先にも、魚の鱗がいっぱい付着していた。

闇の中にぽっと浮かぶようにして枕元に座った祖母は、特徴のある奥まった瞳で直也を見下ろしてきた。こんな状況をすとんと素直に受け入れられたのは、死の気配に包まれたこの家のせいだろうか。直也は、ただ懐かしかった。無防備で、純真で、愛されていることが当たり前で、そして心細かった幼い頃に戻ったような気がした。三日目の晩に、祖母は口をきいた。

「今日は魚がいっぱい売れたんだ」

直也は満面の笑みを浮かべた。思い出した。あの頃、祖母の口からこの言葉を聞くのが一番嬉しかった。余分な稼ぎがある日には、お昼に魚市場の近くの食堂で、じゃこ天入りのうどんを食べた。歩き疲れて冷えきった体に、温かいうどんが滲みわたった。帰りに祖母は、直也に百円玉をくれた。直也は大喜びで、その魚臭い百円玉を持ってゲームセンターへ駆けて行った。たった一回だけ、お気に入りのゲームが出来るのだ。

幸せだったあの頃。あの後、母は男とどこかへ行方をくらまし、祖母は死んだ。直也は施設に入った。

朝になっても、起き上がる気力がなかった。トモは何も言わず、だるそうに布団の上でごろごろしている直也を許した。食事を運んでくれるが、食欲は全くない。この婆さんを俺は殺すつもりだったんだよなあ、と直也はぼんやり考えた。柘榴だけはいくらでも食べられた。赤く、透明な清々しい粒が、身を清めてくれるような気がした。

「祖父ちゃんと同じだ。あんたも柘榴が好きなんだね」

トモは目を細めた。

「もうおねしょは治ったか？」

ある晩の祖母の問いかけに、直也はコクンと頷いた。施設に入ったショックで、直也はおねしょをするようになった時期があった。鬼のような顔をした女の職員が、皆の前で、直也におしめを当てた。

「ほうら、おねしょの治らない子は赤ちゃんだ。こうしないといけないね」

皆にさんざん笑われた。

あの時は辛かった。目尻から溢れた涙が、耳へ向かって流れ落ちた。直也はもう、自分が赤ん坊なのか、子供なのか大人なのかわからなくなった。痩せ細っていく直也の面倒を、トモはかいがいしくみてくれた。

「祖母ちゃん……」

甘えた声で呼びかけると、トモが返事をしてくれる。

なんだ、まっさらな人生を手に入れるって簡単じゃないか。人を殺したりなんかしなくても、こうやって赤ん坊に戻れば、また人生をやり直せるんだ……。

晴美は、門を入ったところで、縁側に腰を下ろしたトモに声をかけようとして息をのんだ。何か様子がおかしい。トモの割烹着も両手も泥だらけなのだ。足元には、これまた泥にまみれた鍬《くわ》が一本、無造作に放り出されている。庭の片隅に作った菜園の手入れでもしていたのだろうか。それにしても、あの呆けたような表情はどうだ。

「トモさん」

返事はない。

「ねえ、どうしたの、トモさんたら」

トモは晴美の方を見ようともしない。縁側から垂らした足を、交互にぷらんぷらんと揺らしている。とうとう晴美は、これは尋常ではない、と気がついた。

「お爺さんは？　正太郎さんはどうしたの？」

トモがこんなふうでは、まともに面倒をみてもらっていないに違いない。不吉な想像が頭をよぎる。もう何年も寝たきりの正太郎の顔を見ていないが、部屋はわかっている。晴美は、つっかけを脱ぎ散らかして家の中へ上がった。

襖を開けると、ベッドの上で正太郎は、頭からすっぽりと布団を被っていた。嫌な予感が的中した、即座にそう思った。だが、その布団がもぞもぞと動いているのを見て、胸を撫で下ろした。

「正太郎さん、大丈夫なの？　トモさんがね——」

晴美は布団をさっとめくった。布団を持ち上げた手が、凍りついた。

誰？　この人。

正太郎のものとおぼしきネルの寝巻きは、着た人の身の丈に合わないうえに前がはだけてしまっている。体格はよいが、肋骨が突き出るほどに痩せ衰えた人物がそこにいた。向こうをむいていた頭がくるりとこちらを向いた時、晴美は、声にならない叫びを上げて布団を取り落とした。むっとするほどの老人の体臭にまみれた寝具にくるまっているのは、孫の修平と名乗ったあの青年だった。ついこの間まで、若々しく生気に溢れていた面影は、見る影もない。かさかさに干からびた皮膚は、まさに老人のそれだった。紙おしめを当てられ、ぼさぼさの髪の下では、異様に光る目玉がぐりぐりと動いていた。だが、晴美をそのまま壁の際まで追いやったのは、その青年が、両の手の長い爪を柘榴の実に突き立て、口の周りを真っ赤にして貪り食っている様だった。

晴美は、這うようにして部屋を出た。トモはあいかわらず縁側に、こちらに背を向けて座っている。

「トモさん、あ、あの子はいったい……」

肩をつかんで激しく揺さぶるが、やはり反応はない。

だめだ、もう完全にボケている。いや、狂っている？　晴美は裸足のまま、庭を駆けた。足がもつれた。誰か人を呼ばなければ。門の内側の柘榴の大木が目に入った。さっきの光景を思い出してぞっとした。

その柘榴の木の根元の、黒々とした土が盛り上がっている。何気なく目をやったその土の中から、人間の手がぬっと突き出ているのを見て、晴美は今度こそ大きな悲鳴を上げた。

トモの家の周囲に、十数台の警察車輛が停まっていた。前の道は完全に封鎖されて、二、三軒向こうに、警察の規制線を示す黄色いテープが張られていた。

　直也は既に担架に乗せられて、救急車で運び去られた。トモは自室になっている仏間に、晴美は居間に留められて、数人の警察官に取り囲まれていた。庭では、別の警官たちが、シャベルを手に、死体の掘り起こし作業を行っていた。トモの手によるものだから、そんなに深くは埋められていない。シャベルが土に突き立てられる音が響く度、居間では晴美が身を縮み上がらせていた。未だに体中の震えが止まらない。

「で、あのベッドに寝ていた男は誰なんですか？」

　メタボリックシンドロームの基準値をはるかに超えた腹囲を持つ刑事が、晴美に問いかける。

「正太郎さんとトモさんの孫の修平さんだと言ってました」

「言ってました？」

「ええ、確かに両親を亡くした孫の修平って子を育ててましたよ。あの夫婦は。でも十年も前に家出してしまって、ずっと連絡がなかったんですよ。なのに、ひょっこり帰って来て——」

「いつ？」

「八月の末か、九月の初めです。水を一杯もらえませんか？」

別の警官が、水道水をコップに入れて持って来た。口へ持っていこうとする手が震えて、畳の上に水がいくらかこぼれたが、晴美は一息ついたようだった。

「で、でもどうもあやしいと思ったんですよ、私は。このところ、トモさんは認知症の症状が出ているようだったし、あの子が修平君だという証拠は何もないんですよ。顔立ちだってすっかり変わっちゃってるし」

「じゃあ、あの男は誰なんです？」

「知りませんよ。本人に聞いたらいいでしょ」

晴美はぶっきらぼうにそう言うと、音を立ててコップを卓袱台の上に置いた。

「本人には聞けません」

「なぜですか？」

晴美は太った刑事を見上げた。

「あの男は、精神に異常をきたしているようです。まるで赤ん坊に戻ったように、泣くか笑うか、指しゃぶりをするか、口は一言もききません」

晴美の体はまた小刻みに震えだした。

「じゃあ、トモさんは？」

刑事は、ゆっくり頭を横に振った。

庭の警察官の動きが慌ただしくなった。青いビニールシートが、目隠しのために広げられている。晴美のそばにいた警察官も、庭の方へ下りていった。一人になった晴美は、ぼんやりと庭を見下ろした。たくさんの人が根方を歩き回るせいで、柘榴の大木が、それ自身が意思を持つようにワッシワッシと揺れていた。

　さっきの刑事が戻って来た。

「一応、身元確認のため、正太郎さんの顔を見ていただけますか？」

「嫌ですよ！」

　晴美は、きっぱりとそう言った。この上、死人の顔を見るなんてまっぴらごめんだ。けれども結局、晴美は柘榴の根元に連れて行かれた。他に正太郎の顔を見分けられる者がいなかったのだ。幸いにもその老人は、埋められてそう日がたっていなかった。それでも晴美は、足をぎくしゃくと突っ張りながらシートの中に入って行った。シートの中には、足をすくませるほど、ひどい臭いが充満していた。晴美は、エプロンの裾を持ち上げて鼻と口を押さえたが、目にも滲みこんでくるほどの耐えられない臭いだ。刑事の突き出た腹に押されるようにして、前に進む。

「顔の判別はつきますよ。泥も払っておきました」

　そう言う警官の言葉に、胃の底からこみ上げてくるものがあった。警官が、顔の部分だけシートをめくった。土気色をした顔には、干したプルーンのような深い皺が刻まれていた。

「正太郎さん、成仏してよ。ナンマイダブ、ナンマイダブ」

晴美は両手を擦り合わせながら、死体の上にかがみ込んだ。

「あれ？」

白いものが混じった無精ひげに覆われた顔に、晴美はさらに近づいた。ひどい臭いを忘れたかのように、まじまじと死体の顔を見つめる晴美を、警官たちが身じろぎもせず、取り囲んでいた。

「この人、正太郎さんじゃない」

シートの端をつまんでいた警官が、晴美の背後に立つ刑事と目を合わせるのがわかった。

「よく見てください。何年も寝ついていたので、風貌が変わったのではありませんか？」

「いいえ、間違いありません。正太郎さんはね、右の頰に大きな痣があるんです。それに体格も全然違うわ。正太郎さんは大柄な人で、そりゃあ、長い病で痩せ細ってはいたけど――」

そこで晴美は、はっと口をつぐんだ。

「この人……」

「心当たりがあるんですか？」

「そうだわ。この人、あの時の人だ」

その時、シートの外がざわついた。

「警部、ここにもう一体、埋められています！　もうほとんど白骨化しているようです」

晴美はたまらず、外に駆け出した。菜園のかたわらで嘔吐する晴美の背中を、女性の警官がさすってくれた。

「二年ほど前に、トモさん、かかっていた病院から、認知症のお爺さんを連れて帰ったんですよ。この家にいるところを私が見つけて注意したんだけど、最初は『いや、うちの祖父ちゃんだ』って言い張るの。『正太郎さんは、ベッドで寝てるでしょ』と説明したら、そのうちわかってくれて、『私もだいぶ耄碌《もうろく》したよ』なんて言ってたんだけどね。その時の人ですよ。間違いありません」

居間に戻った晴美から話を聞きだすのには、長い時間がかかった。もどしてしまってからも、気を落ち着けるのに時間を要したからだ。話しながらも、晴美は時折、しゃくりあげた。庭では、二体の死体の収容作業が続いていた。

「その時、ベッドの上にいる正太郎さんを確認しましたか？」

「いいえ、見てません。その後も一度も」

「もうその時には、庭に埋められていたのかもしれませんね」

若い私服の警官がそう言うと、晴美はエプロンに顔をうずめてしまった。

「何でそんなことをしたんでしょうね」

「あの婆さんだって認知症だろ。わからないよ。理由なんて」

刑事は、ぼそぼそと話し合った。

「正太郎さんの介護に疲れてたのよ、トモさん」

エプロンの中から、晴美のくぐもった声がした。

「大工をしてたからね、正太郎さん。体の自由がきかなくなってからも、気に入らないことがあるとトモさんを殴ったり、食べ物をひっくり返したりして暴れてたらしいわ。トモさん、しょっちゅう青痣ややけどをこしらえてた」

ひとしきり、さめざめと泣いた後、晴美は続けた。

「そういえば、二年くらい前からは、正太郎さん、すっかりおとなしくなって介護がやりやすくなったって言ってました。それって体が弱って、暴れる元気もなくなったんじゃないのって、口には出さないけど私は思ってたんだけど。トモさん、一人で面倒みてて、決して誰もあの部屋へは入れなかったからね」

「でもあの青年は入ってたわけだ」

「それだけでも本当の孫ではないとわかりますね」

深いため息をついて黙り込んでしまった晴美を置いて、また庭に出ると、警官たちは話し合った。

死体を乗せるためのワゴン車が、バックで門を入って来た。一つだけ転がっていた柘榴の実を、後輪が轢いた。柘榴はぐしゃりと潰れて、赤い果汁がタイヤを汚した。

「今は精神安定剤をかなりな量、投与していますからね。眠ったり起きたりの繰り返しです」

白衣を着た精神科医は、半開きになった病室のドアの前で刑事と向かい合っていた。

「快復の見通しは？」

「難しいですね。ここに来てから、言葉はひとつも発しません。外的要因で脳に障害が起きたのかと、検査をしてみましたが、その可能性はないようです」

「では、あの男はなぜああなってしまったのでしょう」

「わかりません。意思の疎通が出来ないので、精神科の治療もなかなか――大小便も垂れ流し、流動食しか口にしませんし、私も初めての症例ですね。捜査の方は進んでますか？　あの家の中で何があったんです？」

刑事は、突き出た腹を揺すり上げた。

「捜査は一応終了しました。夫の介護と暴力に耐えかねたあの家の老婆が、夫を殺して庭に埋め、代わりに認知症で一人暮らしだった老人を連れてきて、夫の介護を続けているふりをしたということでしょう。捜査官の中には、夫の殺害を隠すためと、年金をもらい続けるために、そういう工作をしたと考える者もありますがね、それは疑問ですね。何せ、あの婆さん、すっかりボケてしまってますから」

「で、あの青年は、そこにどうかかわってくるんです？」

「わかっているのは、婆さんが、今度は連れてきた老人も殺して、あの若い男をベッドに寝かせて介護をし始めたということです」

「でも、あの男が家に来た時には、全く普通の青年だったというじゃありませんか。どうしてああなってしまったんでしょうね」

「それをお伺いするために、ここに来たんじゃないですか」

二人は黙り込んだ。そしてもう一度、ちらりと病室を覗き込んだが、二人とも中に入ることはせず、廊下を並んで歩きだした。

「それにしても刑事さん、少し痩せた方がいいですよ」

「健康診断の度に、しょっちゅう言われてますよ。でもなかなかね。生活が不規則なもんだから――」

二人の低い笑い声が廊下に響いた。

直也はベッドの上で、遠ざかる足音を聞いていた。よだれが垂れて、胸元を濡らすので、看護師が病院着の上からタオルを首の周りに巻いてくれている。

窓のそばには祖母が立っている。

そのせいで部屋の中は魚臭いが、直也はこの臭いが嫌いではない。口の周りが、よだれでべとべとになると、祖母はベッドに寄ってきて、腰に吊るした手拭いで直也の顔を拭いてくれる。手拭いについていた魚の鱗が、直也の顎にくっつくこともある。そんな時直也は、胎児のように体を丸めて、くくくっと笑う。

祖母はもうどこへも行かない。直也につきっきりで看病してくれている。直也は幸せだ。

首を回し、祖母に向かって直也は言う。

「あくお」

手袋

手袋を拾った。

それも右手だけ。

色は黒で、手首の部分にファーが付いている。

史子《ふみこ》は、それを手に取ってじっと眺めた。手触りはいい。

上等の——多分絹が混じった——素材のようだ。

それから、ゆっくりと辺りを見回した。夕暮れ時の住宅街は静かだ。どこからか、魚を焼く匂いが漂ってくる。道端をくんくんと嗅ぎまわっていた犬のグリが、引き綱を引いた。史子は、その勢いで二、三歩進んでまた立ち止まった。早く散歩を終えないと、すぐに辺りは真っ暗になってしまう。もっとも仕事の都合で、犬の散歩が夜中になってしまうことも度々なのだが。

グリを子犬の時にもらって来た妹の沙紀《さき》が、結婚して家を出て以来、グリの散歩は史子の役目になってしまった。

こんなおしゃれで高価そうな手袋を落とした人は、困っているだろうな、と思う。両方いっぺんに落としたのなら、まだ諦めもつくけれど、片方だけというのは悔しい。

史子にも経験がある。ピアスの片方をなくす。カップ・アンド・ソーサーのソーサーだけを割る。日常の小さないらだち。

落とし主が取りに戻ってくるかもしれない。史子は、道に面したブロック塀の上に、その手袋を置いた。ブロック塀の向こうの家は空き家だから、誰も気にしないだろう。ここなら目立つから、取りに戻ってくればすぐにわかるはずだ。

退屈したグリが、ぐいっと綱を引く。史子はまた歩きだした。冷たい風が向かいから吹いてきて、史子はダウンジャケットの前を掻き合わせた。犬の散歩用にと、安物を史子の母が買ってきたものだ。

「何よ、この色」

一目見るなり、史子は言った。明るいサーモンピンクのジャケットだった。

「いいじゃない。犬の散歩の時だけしか着ないんだから」

母は取り合わない。

「いやだ。こんな色、着ないからね」

「あら、夜、散歩する時は、これくらい目立つ色じゃないと。暗い色だと、闇に溶け込んで車に轢かれちゃうわよ」

「だって、こういう色、私似合わないんだもの」

「もうその年になって、似合う、似合わないもないでしょう?　せっかく買ってきたんだから着なさいよ」

そう言うと、母は洗濯物を取り込むために庭に出て行った。ひと月前のことだ。結局、史子はこのダウンジャケットを着ている。

史子は三十八だ。英会話塾の事務職員をしながら、両親と暮らしている。親は、史子の結婚をせかすようなことを言うことはもうない。とっくに諦めたのかと思ったら、母は、近所の主婦をつかまえて、

「あの年でももらってやるっていう、奇特な人、どっかにいないかねえ」

などと言っている。

「ほんと、わからないもんだねえ。美人で頭のいい史ちゃんの方が、先に嫁に行くと思ってたのに……」

首を伸ばして垣根の向こうを見ると、史子の同級生の母親と道端で立ち話をしているのだった。同級生には、もう中学生の子が二人もいると聞いた。

裏庭にグリをつないで家に入ると、居間で沙紀の声がした。隣の校区に住んでいる沙紀は、二歳になる長男の瑛介《えいすけ》を連れて、しょっちゅう実家にやって来る。史子が、居間の入り口でダウンジャケットを脱いでも、誰も振り返らない。父は、瑛介を膝の上にのせてにこにこしている。

「あっ、おばちゃん」

瑛介の声でやっと沙紀が振り返った。

「どこ、行ってたの？　お姉ちゃん」

「どこって。グリの散歩に決まってるじゃない」

「あ、そうか」

「あんたの犬でしょ」という言葉を呑み込む。

「史子、ちょっと手伝ってよ」

台所から母が呼ぶ。

「ちょっと待って。手を洗って来るから」

洗面所で丁寧に手を洗ってから、台所の母のそばに立つ。

「今日、どうしたの？　沙紀」

「崇史《たかし》さんがね、急に出張になったんだって」

「それで、晩ご飯をうちに食べに来たってわけ？」

背後でどっと笑い声が上がった。瑛介が舌足らずなもの言いで、何か言ったようだ。

父も母も、たった一人の孫がかわいくてたまらないのだ。

「お母さん、今日のおかず、何？　お腹すいちゃった」

沙紀が、座卓の前にどっかりと座ったまま、声だけを掛けてくる。

「はいはい、今すぐ用意しますよ」

母は、いそいそと鍋から煮物を小皿に取り分ける。

沙紀は三十四歳だ。三十過ぎても二人の娘が、結婚せずに親と同居しているという状態がしばらく続いた後、沙紀は突然、結婚して出て行った。相手は高校時代の同級生だった。同窓会で再会したのがきっかけだったらしい。すぐに瑛介が生まれた。もともと太りぎみだった沙紀は、産後もどんどん体重が増え、今や八十キロ近い体重になってしまった。

「さあ、瑛ちゃん、ご飯だよう」

自分は指一本動かしていないくせに、料理が並ぶと沙紀は瑛介を呼んだ。テレビの前に座っていた父と瑛介がやって来た。父はまた瑛介を膝の上にのせた。

「いただきまーす」

沙紀は、汁椀を口に持っていってズズッと啜った。同じように汁椀を手に取っていた史子は、それを卓の上に戻した。昔から沙紀と食事を取るのは嫌だった。沙紀の食べ方はいちいち癇に障る。たくさんの食べ物をいっぺんに口に入れる。音を立てて噛む。あっちこっちの皿をつつく。いつまでもだらだらと食べる。

「どうして同じように育ててるのに、こんなに違うのかねえ」

少食で潔癖症の史子と較べて、母は以前はそう言っていた。が、沙紀が結婚してからはそんなことを口にすることはない。嫁に行き、子供をもうけると、それだけで何もかもが帳消しになるらしい。

沙紀の夫の崇史もいっこうに気にならないようだ。親がそんなだから、瑛介もいまだに握り箸だし、すぐに左手が出てきて、ぐちゃぐちゃと食物をこね回す。卓の上にボロボロとこぼれたものが山盛りになってくる。この親子と食事を取るのは、史子にとっては苦行だ。沙紀は姑の悪口を言いながら、食事を続ける。母もそれに相槌を打っている。沙紀の唇の端に、麻婆豆腐のニラがくっついている。沙紀の唇は忙しく動く。ものを飲み込み、悪口を吐き出す。その度に、油っぽい緑のニラがヌラヌラと動いている。

史子は、自分の口元を何度も拭う。

「おごちそうさま」

とうとう箸を置いた。いつもさっさと食事を切り上げてしまう史子の癖を知っているので、誰も気にかけない。皿と汁椀と、ご飯茶碗とを重ねて流しへ持っていく。

「あっ、そうだ。ねえ、お姉ちゃん、知ってる?」

急に沙紀が大声を出した。何かが口から飛び出して、卓の上に落ちた。

「さっきお母さんにも言ったんだけどさあ」

史子が返事をしないのも全く意に介さない。

「うちのマンションの一階に住んでる女の人が失踪したんだって」

「失踪？」

茶碗を洗う手を止めた。

「うん、家族の人が捜索願いを出したらしいよ。今日、警察の人がうちにも聞きに来たの」

「大人の女の人でしょ？　何か事情があって自分から姿を消したんじゃないの？」

急に興味を失った。また水道の蛇口を開けた。

「そうじゃないってば！」

沙紀の声がくぐもっている。何かをまた口に入れたらしい。

「部屋の中でね、人が争ったような跡があったんだって」

母が口ぞえをする。

「少量の血痕もね」

「ふーん」

「ローカルニュースで流れたんだよ。うちのマンション、テレビに映ったんだよ。ね？　瑛ちゃん」

瑛介が、「テレビ、テレビ」と騒ぎ出し、ドタドタとテレビの方に走って行った。

「こら、瑛介、まだご飯残ってるぞ！」

父が追いかける。瑛介の前掛けから、ご飯粒がポロポロと落ちるのが見えて、史子は顔をしかめた。

グリのくるくると巻き上がった尻尾が、リズミカルに揺れている。グリの母親は、血統書付きのゴールデンリトリバーだったらしいが、家人が気がつかないうちに雑種犬と交尾し、六匹の子を産んだ。そのうちの一匹がグリだ。沙紀がバイト先のアイスクリーム屋の店長からもらって来た。五年前のことだ。

「私が欲しいって言ったんじゃないんだよ」

そう言う沙紀の腕の中には、もう黒い子犬が抱かれていた。

「店長さんが困って私に頼んできたんだから」

短大を卒業して以来、沙紀は怠惰な性格から職が長続きせず、気まぐれに短期のアルバイトをしては、家でぶらぶらするということを十年も繰り返していた。

「しょうがないねえ」

母はそう言った。

「どうする？　お父さん」

父に問いかけた時には、もう沙紀の言いなりになる気になっていた。史子が小学生時分、子犬を拾ってきた時のことなど、皆忘れてしまっている。そんなやり取りを聞きながら、史子は思った。あの時は、どんなに頼んでも母は首を縦に振らなかった。

史子はまた、その子犬を拾った神社に戻しに行ったのだ。

史子は聞きわけがいい。沙紀のように駄々をこねたり、言い張ったりしないと両親は思っている。でもそれは違う。両親が、結局許してしまうのがわかっているから、沙紀はわがままを通すのだ。

小さい頃からそうだった。史子は優等生で美人で、大人しい姉で、沙紀は、飽きっぽくて気難しく、自己中心的な妹だった。なのに、沙紀の方が人に愛された。勉強嫌いで外見もよくない沙紀は、人の気を惹くことに長けていた。自分を、手を貸してやらねば何も出来ない人間というふうに演出するのがうまかった。子供なのに、その手腕は老獪《ろうかい》といっていいくらいだった。

沙紀は、史子の持っているものを何でも欲しがった。姉と同じものを望むのではない。姉の手から、ものを奪い取ることに異様な情念を燃やした。子供のうちは「お姉ちゃんだから」という不公平な我慢を強いられ、それに抵抗したこともあった。しかし、長ずるにしたがって、そんな無益な労力を使うのがばからしくなってきた。史子はだんだんものに執着しなくなった。その代わり、病的なほど清潔と整頓とを望むようになった。だらしないくせに強欲な妹から、何もかも遠ざけておきたかった。

グリがふいに立ち止まった。地面の近くに鼻面をくっつけている。強く引き綱を引いてその場を通り過ぎようとして、史子は道端に目をやった。

またあの黒い手袋が落ちていた。

よく考えもせず、史子はそれを拾い上げた。この前落ちていた場所から、少しばかり史子の家に近づいた所だった。あの空き家の塀の上から、風で飛ばされるかどうかしたのを、誰かが別の場所に拾い上げておいたのだろう。それがまた地面に落ちたのだ。

そうよね。ちょっと地べたに落としておくには上等すぎる手袋だもの。通りかかった人の目にとまったら、きっと誰でも目に付く場所に置いておいてあげたくなるに違いない。史子はそう思って、またそれを駐車場の看板の上にそっと置いた。ふと思いついて、小さな石ころをその上に置いた。これで飛ばされることもないだろう。早く持ち主のところに戻るといいけれど。

道の向こうに、グリと相性の悪い犬が現れて、グリが吠えついた。向こうの飼い主もあわてて引き綱を引いていく。史子も逆方向へグリを引いた。相手の犬は、一声も吠えずに去って行ったのに、グリはいつまでもその犬が消えた曲がり角に向かって吠えた。

「こら！　グリ！　やめなさい。行くよ」

ぴんと張った引き綱の先で、グリは前足を持ち上げてグルグルと唸っている。子犬の時にきちんと躾けていないグリには、手を焼かされる。「グリ」と名づけて沙紀がこの犬を可愛がっていたのは一年ほどで、生来の飽きっぽさから沙紀は、散歩に連れて行くのを億劫がるようになった。裏庭でキャンキャンと啼き続けるグリを放っておくことも出来ず、父や史子が散歩に連れ出すようになり、沙紀が家を出た後は、完全に史子の役目になってしまった。

グリをもらってしばらくしてから、グリをくれたアイスクリーム屋の店長と沙紀が付き合っていることがわかった。太っているうえに背が低く、重たい一重の瞼で、特におしゃれでもない沙紀なのに、どういうわけか切れ目なく男がいた。そんな容姿の沙紀だから、相手だってたいしていい男ではない。どんなによく見積もっても十人並みだ。要するに、沙紀はだらしがないのだ。生活態度も、食事の作法も、男関係も。

そういう妹に、史子はいつしか嫌悪感を抱くようになった。

閉店間際のアイスクリーム屋の前を通りかかった時、客のいない店内で、店長という男と沙紀が並んでソフトクリームを舐めているところを目撃した時には、心底怖気をふるった。沙紀の持つ、チョコレート味のソフトクリームが溶けて、顎に垂れかかり、だぶだぶしたトレーナーの前にも染みを作っていた。それでも顔を寄せ合うようにして、せわしなく舌を出してソフトクリームをすくいとっている二人に、吐き気さえ感じたのだ。

史子はハンカチで口を押さえて、その店の前を通り過ぎた。

「また来たのよ。警察が」

沙紀がスーパーのショッピングバッグを置くなり言った。いっぱいに膨らんだバッグの中から、袋菓子があふれ出しそうになっている。

「何だって？」

庭でチューリップの球根を植えていた母が戻って来て、軍手をはずした。

「だからさあ、この前の、あのいなくなった女の人。まだ見つからないの」

「へえ」

「前と同じ刑事さんが来たのよ。あの人がいなくなった五日の日に何か見たり、聞いたりしなかったかって」

「いやだねえ、事件なのかねえ」

「警察は、そう見てるってことでしょ。だって捜査してるって感じだったもの」

テレビの前のこたつに入って来た沙紀は、カゴに盛られたみかんに手を伸ばした。史子は、読んでいる本から顔を上げなかった。沙紀の口の中に袋ごと入れられたみかんの房が、ブチュッと潰れる音がした。

「でもあれからニュースに出ないじゃない」

母もこたつに入ってきて、手を温めている。

「今日は、瑛ちゃんは？」

「崇史が向こうの実家に連れて行った」

「そうなの」

母は残念そうに言った。

「あんたは行かなくていいの？」

「いいの、いいの。あそこへ行くと気が滅入るもん。お義母さんがそれとなくイヤミを言うしさ。崇史も私が嫌がってるの知ってるから、無理に連れて行こうとしないの」

二人で、ひとしきり崇史の母親の悪口を言い合った後、話題はまた失踪した女性に戻っていった。史子は一度も会話に加わらない。

「一階に住んでる奥さんに聞いたんだけど、いなくなった女の人、自分でレストランとか雑貨屋とか経営している人なんだって。二十八なのに凄いでしょ。そういう人が急にいなくなるなんて絶対変だよ」

沙紀は、二つ目のみかんを剝いている。

「争った跡とか、血痕とか、物騒だねえ。あんたも気をつけないといけないよ。崇史さんがいない間は、ちゃんと鍵を掛けとかないと……」

「崇史もそう言ってた。心配だ、心配だって」

史子は、初めて顔を上げた。沙紀は、口の周りについたみかんの汁をぐいっとトレーナーの袖で拭った。

沙紀が結婚すると言い出したのは、史子の結婚話が反故《ほご》になった直後だった。史子のことがなかったら、沙紀は結婚すると言い出さなかったかもしれない。それほど崇史は、今まで沙紀が付き合ってきた男の中でも、見映えのしない男だった。ひょろりと痩せていて、上の前歯二本がやたらと大きく前に突き出している。顎が極端に貧相なので、よけいにそれが目立った。キョロキョロと落ち着きなく動く両目とあわせて、げっ歯類の仲間を連想させる風体だった。

「私、結婚するから」

と言った時の、勝ち誇ったような沙紀の顔が忘れられない。その二か月前に、自分の方から断ったとはいえ、史子は結婚を前提として付き合っていた男性と別れたばかりだったから。その相手は、史子が勤めている塾の上司で、元教頭という男の紹介によるもので、市内の高校教師だった。そういうつながりだったから、お見合いとほぼ変わりはなかった。

「お姉ちゃんらしいお付き合いよね。結婚を前提に、だって。今頃そんな言葉を使う人がいるとは思わなかった」

男と付き合うこととセックスとが、セットになっていると思っているらしい（そうしなければ、男をつなぎ止めることが出来ない）沙紀は、ケラケラと笑った。

結納の一歩手前まで来ていた結婚話を断ったのは、相手の男性が風邪を引いたからだ。風邪を引いたこと自体は何でもないことなのだ。ただ、その男は喉にからんだ痰を、ハンカチの中に吐いた。何度も同じハンカチをポケットから取り出して、痰を拭った。史子は、しだいに青ざめ、息苦しくなってきた。

そういうふうに不潔で汚らしいことをする人間は、つまるところ、人に媚び、そして欺くのだ。沙紀という妹の存在が、その方程式を史子に植え付けていた。史子は縁談を断った。

姉の方が先に結婚するのは当たり前なのに、姉の結婚話が形になっていく間、沙紀は拗《す》ねていた。美人で賢い姉が、自分に先んじるという正当性が受け入れられなかったのだ。それだからこそ、醜く、才のない自分の方が愛されるべきだというねじれた論理を長年、両親を相手に貫いてきたから。

たまたまその時、付き合っていたのが崇史だった。それが、あのアイスクリーム屋の店長だったとしても、平然と家に連れてきたに違いない。さすがに、父と母も史子の手前、すぐにいい顔はしなかった。けれども、それも瑛介が生まれるまでのことだった。初めての孫の前では、多分もう一生独身のままであろう長女のことなど、頭の中から吹き飛んでしまった。

毎日のように姉を出し抜いた証である赤ん坊の瑛介を連れて、沙紀は実家にやって来た。日に日に体型は崩れ、身づくろいもおろそかになっていく妹と、躾けられない小悪魔のような甥は、もう人間とは思えなくなった。史子はますます神経質になって、自分の持ち物に彼らが触るのさえ、許せなくなった。

史子は、パタンと本を閉じた。

「何？」

夕食まですっかりここで食べて行く気になって、どっかりと腰を据えている沙紀が驚いて言った。

「グリの散歩」

当てつけがましく言ったつもりでも、沙紀にはもう通じない。サーモンピンクのダウンジャケットに手を通す史子に、

「お姉ちゃん、その色似合っているよ」

と、沙紀が言ってのけぞって笑った。唾が飛んだ。

児童公園の入り口の柵に、小さな黒いものがのっているのを遠目に見つけた時、史子はもうそれが何なのかわかっていた。

「まだあの手袋、誰も取りに来ないんだわ」

グリに向かってそう言った。今日は地面に落ちているのではない。通りがかりの人が拾っては、あっちこっちに引っ掛け、少しずつ手袋は移動している。時々、こういうことがある。ハンカチやら、キイホルダーやら、お守りやら、そういう小さなものを誰かが落とす。親切な通行人が、目につく所に置いてやる。落とし主が現れたのか、いたずら心を起こした子供が持っていくのか、それはやがてなくなる。中には、同じ場所に引っ掛けられたまま、雨ざらしになって朽ちていくものもある。

出掛けに勝手口でズックを履いていると、また母と沙紀が失踪した女性の噂話をしていた。こんな静かな町では、凶悪な事件なんか滅多に起こらないから、警察が張り切っているのだという母に対して、沙紀は、熱心に聞き込みに廻っている刑事というのは、女性の遠縁に当たる人らしいと、まことしやかに言っていた。そんなこと、当てになるもんかと、史子は思った。沙紀は人の気を惹くためなら、平気で嘘をつくのだ。

公園の柵のそばを通りながら、史子は横目で手袋を確認した。

「何か、だんだんうちに近づいてくるみたい」

グリは、それに答えるようにクーンと鳴いた。

どうしてあんなに沙紀は私を意識するのだろう。子供っぽい競争心を持っていた頃ならいざしらず、こんなに大人になってからでも、沙紀は史子より優位に立つことにのみ心を砕いているように見える。それほどに、勉強の出来や器量のことで、妹をさげすんだりしたことなど一度もないのに。どちらにしても、もう勝敗は決まっている。これを勝ち負けで言うのなら、結婚して子供をもうけた沙紀は勝ったのだ。今や、両親の興味と愛情とは、沙紀と瑛介に注がれている。それでいいではないか。もう静かに放っておいて欲しい。

　英会話塾で、同じく事務をしていた女性が、結婚退職することになった。彼女は二十五歳だ。結婚退職者の送別会だからといって、気を遣われるような年齢はとうにすぎてしまった。史子に見合いをすすめた元教頭の上司も、何年も前に別の教室へ異動していった。史子がそういう席で孤立したように座っているのは、元来の無口さのせいだ。それと、やや度を越した潔癖症のせい。

　だから二次会に誘われることはない。それだけでも有り難いと思う。誰が触ったかわからないようなマイクを口に持っていくカラオケなどに行きたいとは思わない。

　九時過ぎに家に帰ってきた史子は、ダウンジャケットに手を通した。向かい合ってこたつに入っている両親は、呆けたようにテレビに見入っている。最近では、沙紀と瑛介が来ないとスイッチの入らない、古びたロボットのように感じることもある。

　グリは、裏庭で大人しく待っていた。糞を処理するためのスコップとビニール袋を片手に、もう片方にはグリの引き綱を持って家を後にした。足早に門を出る。早く帰って風呂に入りたかった。飲み会の後は、煙草の臭いや、鍋の中で煮えた食物の匂いが体に滲みついているような気がするのだ。

夜遅くに犬の散歩をするのは、正直億劫だ。特に冬は寒いし、無灯火の自転車や、角からいきなり飛び出して来た人にぶつかられそうになったこともある。車だったらと思うとぞっとする。母が言うように、ピンクのダウンジャケットは役に立っているのかもしれない。

家を出て、すぐの角の所に街灯がともっている。そこを曲がって史子はぎょっとして足を止めた。

あの黒い手袋が宙に浮いている。

いや、そうではない。その角を曲がった所の家が、生垣がわりに植えている竹の枝に、その手袋が掛けられていたのだ。それも手袋の中に枝を通してあるので、人差し指がぴんと伸びて、まるで人が手にはめているように見えただけだ。

史子は、ほっと胸を撫で下ろした。

けれども、辺りが暗いこともあり、街灯に照らし出された黒い手袋は気味が悪い。史子は、手袋に近寄らないように道の端を通って、その前を過ぎた。振り返ってみた手袋は、自分の家を指差しているようで身震いがした。

「藤井《ふじい》のクリーニング屋さんとこにも、刑事さんが来たんだって」

「何で？」

「そりゃあ、あのいなくなった女の人を捜してるんだよ」

母は、畳の上に足を投げ出し、痛む膝に湿布を貼っている。

「どうやら、いよいよ事件の可能性が高まってきたらしいよ」

「事件って？」

史子は、スーツのスカートにアイロンを当てている。プリーツの襞に、きっちりと折り目をつけるために当て布を当てて、何度も何度もスチームアイロンを動かしている。

「あの人は、誘拐されたか、殺されたかしたんだよ。きっと」

「ふーん」

「これは、誰も彼も知らないことなんだけどね——」

母は声を落とした。

「マンションの玄関前の段の所にも、その女の人の血液が一滴、落ちていたんだって。沙紀がそう言ってた」

沙紀が知っているくらいだから、誰も彼もがもう知っていることなのだろう。史子は、「へえ」とだけ答えた。

話にのってこない史子を相手に急に熱が冷めたのか、母は台所へ立っていった。史子は、アイロンをかけ終わったスカートを持ち上げて、じっくりと折り目を点検した。そして、丁寧にスカートハンガーに掛けると、鴨居に吊るした。その隣から、ダウンジャケットを取って羽織った。冬の間、休みの日には、午後四時にはグリの散歩をするようにしている。一点の曇りもない、流れるような日常。沙紀の来ない日は安息日だ。

門を出たところで、史子は足元に目を落とした。

黒い手袋。

とうとう私のところまで来た。そう思った。

史子はゆっくりとかがんでそれを拾い上げた。これを初めて見てから、何日がたったのだろう。今、誰かのポケットから落ちたような手触りのよさ。ファーの部分も、美しく風にそよいでいる。あれ以来、一度も雨が降っていないというだけで、これは説明がつくのだろうか。史子はたっぷり数分間、その手袋を眺めていた。

なぜ、そんなことをしたのかわからない。

どこの誰が落としたのかわからない、右手だけの手袋を自分の手にはめてみようなどということを。

それは、するりと滑るように史子の右手を迎え入れ、包み込んだ。

その右手を史子は、目の前にかざしてみた。ほっそりとした上品な右手だ。

まるで――まるで自分のために買いあつらえたような手袋。

その時、何ともいえない感情が、自分の身の内から湧き上がるのがわかった。冷たい水の中に沈んでいるような凄寥《せいりょう》とした心持ち。痛哭と悲傷。それらは、それこそ水がまとわりつくように、史子の周りをたゆたうのだった。その感情に突き動かされるように、史子が涙をこぼしかけた時、ざらりとした別のものが生まれてきた。その感情をとらえかねて、史子はとまどった。差し上げた右手が、ぐっと拳に握られた時、その形がはっきりと見えた。それは史子にとっては、親しい感情であったから。それは――激しい怒りだった。

史子は、動転して手袋をむしり取った。あまりに乱暴にそうしたものだから、片方きりの手袋は、ほとんど裏返ってしまった。その黒いものは、ぽとりと史子の足元に落ちた。

グリが、その手袋と史子の顔とを見比べた。史子は、よろめいて門柱にもたれかかった。そうして、あがった息を整えた。

自分の中に今、何が起こったのだろう。わからない。史子は気味の悪いものでも見るように、地面の上に落ちた手袋を見下ろした。裏返った手袋の指先の部分に、艶やかで鮮やかな色を見つけて、史子はおそるおそる腰を折った。

最初は桜貝だと思った。

子供の頃、波打ち際の砂の中で拾ったような。指でつまんでみて、そのピンク色の美しいものは、人の爪だとわかった。それは丁寧に手入れされ、きれいにマニキュアを施されているにもかかわらず、指先から折れてはぎとられたものだった。爪が折れた部分はささくれ立っており、そこが手袋の裏の布に引っかかっているのだ。

史子はそっと手袋を拾い上げ、裏返ったそれを丹念にもとに戻した。桜色の爪も、再び手袋の奥深くに埋もれた。

史子は、いつもの散歩コースから逸れ、グリと一緒に駅前の交番まで歩いた。

交番の警察官は、右手だけの黒い手袋を見て困惑していた。そして、交番の入り口に半分だけ体を差し入れて立っている史子と、その飼い犬とを交互に見た。

「拾ったんです」

史子は、もう三度目になるその言葉を言った。

「落とした人は、きっと困っていると思うんです」

「ええ、それはそうでしょうね」

若い警官は、諦めたように拾得物用の用紙を取り出した。史子は問われるままに、自分の名前と住所をそこに記入した。

史子がペンを走らせている間、警官がグリの引き綱を握っていてくれた。

二人連れの刑事が訪ねてきたのは、その三日後のことだった。一度昼間にやって来て、史子がいないのを知ると、また夜に出直して来たのだという。

「あの黒い手袋を最初に拾ったのは、何日でしたか？」

そう尋ねる刑事の言葉を驚きもせずに史子は聞いた。

もうその答えも用意してあった。沙紀の夫の崇史に、急な出張が入った日だ。刑事を案内して、史子はその場所まで行った。道々、刑事は、史子が交番に届けたあの手袋を、たまたま交番に立ち寄った時に目にしたのだと語った。

「そうですか」

史子はそうとだけ言った。沙紀や母なら、矢継ぎ早に浴びせかけるであろう質問は、一言も口にしなかった。その答えはもう知っているような気がした。

史子が初めてあの黒い手袋を拾って、ブロック塀の上に置いた、あの空き家の床下から、行方不明になっていた女性の遺体が見つかった。

その遺体は、左手だけ黒い手袋をはめていた。

女性の家のアルバムには、その手袋を両手にきちんとはめた女性の写真が残されていたという。刑事は、それと同じ手袋を交番で見つけた。片方だけの手袋という拾得物を持て余して、交番の警官は、受理した手袋を机の上に置いたままにしていたのだ。

「何よう、お姉ちゃん、手袋のことなんか一言も言ってくれなかったじゃない。あれほど私がここへ来て失踪した女の人のこと、しゃべってんのにぃ」

沙紀は興奮しきっていた。すき焼き鍋の湯気の向こうで、ことさらむくれた顔をしてみせる。二つ目の生卵を割った手元で、親指が殻の中にずぶりと入り込んだのを、口へ持っていってピチャリと舐めた。

「そんなこと言ったって、史子は手袋とその女の人との関係なんか知らなかったんだもの。無理だよ」

母が、新しい肉を足しながら言った。瑛介が、大人の真似をして菜箸で鍋の中をかき混ぜたがるのを、父が押し留めている。

「お母さん、取り箸を取ってよ」

史子が言うと、「いいじゃない。そんな面倒臭い。自分のお箸で取りなさいよ」と立とうともしない。とうとう瑛介が、菜箸を鍋の中に突っ込んだ。茶色く煮えすぎたもやしが一本、史子の前に飛んできた。史子は、ゆっくりとそれをつまみ上げ、ティッシュに包んでゴミ箱に捨てた。

「こら！　瑛介、やめなさい」

父が菜箸を取り上げると、瑛介はのけぞって泣き喚いた。沙紀は動じることなく、大量の肉をひとすくいで自分の器に移した。そのまま器の上に覆いかぶさるようにして、ズルズルと肉を口の中に吸い込んだ。どろんとした卵の白身が、口の端からぶら下がっている。それも一息で吸い込む。

「でも、殺されてたなんて思わなかった。あんな古い家の床下で、見つかった時には、もう体が腐って……」

「やめてよ！」

「そうだよ。食事中なんだから、後にしなさいよ。そんな話」

母も珍しく史子の肩を持った。そう言いながら、母はどんどん生肉を足していく。赤い肉。人の傷口のような——史子の箸が止まった。

「犯人はまだ見つからないのかねえ」

そう言った口のそばから、母はまた同じ話題に舞い戻る。誰も史子が箸を置いたことに気づかない。

「ああいうやり手の女の人は、人に恨まれるんだよ。自分で気づかないうちに」

口の中にいっぱい食物を頬張った沙紀は、また鍋の中に箸を差し入れる。油っけのないぱさぱさの髪が伸びすぎていて、今にも鍋の中身に届きそうだ。父から逃れてきた瑛介が、沙紀の膝の上に這い上がった。瑛介は、鍋に伸ばした沙紀の腕の間から頭を突き出してきた。セーターの下でたるんで垂れた沙紀の胸を、瑛介の頭が押し上げている。大きすぎる肉を、自分の口の中で小さく嚙み切り、沙紀は瑛介の口に押し入れる。熱かったのか、瑛介はそれを吐き出してしまった。沙紀は、それを拾ってまた自分の口に入れた。

　まるで豚だ。そのうち親子揃って、鋭い啼き声を上げるのではないだろうか。

「こんな身近で凶悪な犯罪が起こったのではたまらんよ。警察はしっかり捜査をしてくれているんだろうが……」

　やっとゆっくり食事を口に出来るようになった父が言った。

「今度は警察じゃなくて、テレビとか、新聞社の人たちがいっぱい押しかけて来てんのよ。うちのマンション」

　史子は、湯呑みのお茶を啜った。食欲は遠のいた。

「ほら、何て言ったっけ？　あの『モーニング・サテライト』のリポーター。あの人も来てたわ。この前」

　沙紀がにっと歯をむき出して笑った。前歯の隙間にネギがはさまっていた。

　そのリポーターが史子のところにやって来た。

　どこでどうやって調べたのか、遺体発見のきっかけとなった手袋を拾った史子を突き止めたのだ。マンションで殺された女性は、車であの空き家まで運ばれて、車から下ろされる時に、右の手袋だけが脱げて落ちた。爪は、マンションで襲われてもみあいになった時に、もう折れていたのだろう。遺体の人差し指に残された爪の折れ痕と、合致したという。それくらいの情報は、史子も得ていた。

不意打ちをくらった、と思った。グリの散歩に出ようとして玄関のドアを開けた途端、門扉を引き開けて入って来る黒っぽいスーツの女性が目に入った。後からついて来たカメラマンが史子の斜め後ろに廻り込み、リポーターから口元にマイクを突きつけられて初めて、テレビ番組の撮影なのだ、と理解した。

「あの殺された人の手袋を拾った方ですね？」

そう尋ねられて、思わず「ええ」と答えてしまった。それが、「撮影させてもらってもいいでしょうか？」にも「ええ」と答えたことになるのだと、後でわかった。

カメラは回り続ける。

矢継ぎ早な質問に、口ごもったり、ぶっきらぼうになったりしながらも、史子は何とか答えた。本当は拒絶したかった。

「顔は映しませんから」とカメラマンは言ったが、そんなことは何の慰めにもならない。しだいに自分を取り戻していった史子は、拾った場所でもう一度インタビューしたいという申し出をきっぱりと断った。

その映像は、夜のニュースで流れた。確かに顔は映っていなかった。けれどもその分、史子の首から下の映像ばかりが流れた。あのサーモンピンクのダウンジャケットが大映しになるのを見て、史子は唇を噛んだ。

案の定、沙紀が電話して来た。

「すぐにお姉ちゃんだってわかった」と言った。

「もっといっぱいしゃべればよかったのに。お姉ちゃんにとっては、一生で一番の主役の座だわよ」

史子が言葉に詰まったのも意に介さず、沙紀はグフフッと笑い声を上げた。

その日から、史子はダウンジャケットを着るのをやめた。くすんだベージュのフード付きのジャケットを着て、犬の散歩に出た。初めからこうすればよかったのだ。こんな色の方が自分に合っている。いつまでも聞き分けのよい子を演じて、母の言いなりに突拍子もなく派手な色を身につけていた自分を呪った。

英会話塾の休みの日は、日曜日と決まっているわけではない。会員の都合に合わせるために、年中無休でレッスンを組んであるせいだ。事務職員も、交代で休みを取る。史子が休みを取ったその日、父と母は遠方の親戚を見舞うために朝早くから出かけていて、家には史子だけがいた。沙紀も来ない。近所に住んでいるため、父や母の用事は沙紀にも漏れなく伝わる。史子が一人でいる時に訪ねて来ることは滅多になかった。

だから玄関のチャイムが鳴った時、それが妹でないのはすぐにわかった。第一、沙紀はチャイムなど鳴らすことはない。どんよりと曇った一日だった。なのに、午後になっても雨が降る様子はなく、灰色の雲だけがやけに重苦しく垂れ込めていた。外開きの玄関のドアを開けた時、史子は来訪者より先に、その背後の低くたわんだ雲を見た。

「あの……」

　若い女性だった。名前を名乗ったが、聞き覚えはない。派手ではないが、きちんと化粧をして、それを引き立てるようなシックな装いをしていた。

「姉を見つけていただいて……」

　その女性は言った。そう聞いても史子はぴんとこなかった。

「手袋です」

「は？」

「あなたが手袋を拾ってくださったので、姉の行方がわかりました」

　それでようやく事情がのみ込めた。上品な言い回しだ。沙紀のように「腐った遺体が」などとは言わない。

　女性は、ひと言お礼が言いたくて、交番で住所を聞いてきたのだ、と言った。

「ああ、そうですか。それは――」

　こういう場合、家に上げるべきだろうか？　そうすべきなのだろう。こんなことしなくてもいいのに、わざわざ礼を言いに亡くなった人の家族が来るなんて。

けれども史子はそうはしたくなかった。なぜだかわからないが、ひどく不安で落ち着かない気分だった。

「おかげさまで、姉をきちんと葬ってやることが出来ました」

ほっとしたのか、相手はちょっと微笑んだ。寂しい笑顔だったけれど。

その時、史子はさっきから感じていた不安感の正体がわかった気がした。その女性は、上下の歯に、歯列矯正用のブリッジを掛けていた。そのブリッジが、端整な顔立ちに似合わない。金属製の小さな装具が、ひどく攻撃的で邪悪なものに思えた。

相手は、史子の言葉を待っている。

史子は、ぼそぼそとお悔やみの言葉を述べた。自分の方が随分年上なのに、満足な挨拶も出来ない。こんな情況は苦手だ。史子は、手袋を拾ったことを悔いた。

しまいまでおどおどし通しだった史子に、相手の女性はもう一度深々と頭を下げた。そして今度は、さっきよりは上手に微笑んだ。弱々しい日の光が、その口元でブリッジに反射した。

その時、史子の中から、冷たい水が一気に流れ出してきた。止めようにも止まらない。冷たくて、痛いほどの悲しみが、奔流となって史子を押し流した。その先にあるものは、もうわかっていた。

史子の右手が、その女性の首を締め上げた。

史子が無表情なまま、右手を女性の首に持っていった時、彼女はわけがわからず、曖昧な笑みさえ浮かべていた。だから史子の右手の指は、難なく女性の首に食い込んだ。

自分が、礼を言いに訪れた相手に絞め殺されようとしていると、女性が気づいた時には、もうその右手から逃れようがなかった。史子の両の目から、とめどもなく涙が溢れ、同時に自分でも思いがけないほどの力で、目の前の白くて細い首を締め上げた。女性はのけぞり、重い雲に覆われた中空に向けて、口をぱくぱくさせた。史子の力があまりに強かったため、女性は玄関前から押し戻され、背中を門扉にぶつけて止まった。

女性の顔にチアノーゼが現れて、青紫色に変わった。史子は、力をゆるめなかった。史子の体の奥底にあった怒りが、解き放たれるのがわかった。いきなり首を締め上げられて以来、女性は、叫び声さえ発する間がなかった。美しく引かれたアイライナーにふちどられた眼《まなこ》が、くるりと白目に裏返った。もの言わぬ二人の女の異常な様態に気づいたのは、自転車で通りかかった男子高校生だった。

「あっ、あっ、あっ」

彼は、そう声を上げたきりだった。ただ、その声によって往来を行く人々の注意が引き付けられた。道の向こうに車を停めていた宅配便の配達員が、まず駆けつけてきた。史子を女性から引き離そうとするが、石のように固まってしまった史子の右手は、女性の首から離れなかった。スーツ姿のサラリーマンや、金髪の若者が加勢して、史子を背後から羽交い締めにした。史子のこわばった指は、一本一本はがさねばならなかった。女性の首には、くっきりとした五本の指の痕が残っていた。指のいましめから解かれた時、女性の喉は、空気を求めて笛のような長く、細い音を発したものの、彼女はその場にくずおれてしまった。女性は失神した。

遠くから、パトカーのサイレンが聞こえてきた。

「なぜ、あの人の首を絞めたんです？」

その問いは、もう五回以上発せられている。

「わかりません」

史子の答えももう五回以上になる。

刑事は、軽く咳払いをした。あの手袋のことを聞きに来た刑事だ。史子は、ただあの黒い手袋を拾っただけなのだ。あの姉妹とは面識がない。そのことは、この刑事にも充分よくわかっている。

だからこそ、とまどっている。

史子に首を絞められた女性は、救急車で病院に運ばれた。頸静脈が圧迫されてはいたが、病院の処置により、息を吹き返した。病院から警察に連絡が行った。その時には、史子は身柄を同じ警察署内に拘束されていた。目撃者の証言により、いずれ傷害か、殺人未遂の罪で起訴されるはずだった。

病院からの連絡で、この刑事が被害者のもとへ赴いた。話が出来るようになれば、首を絞められた本人からも、事情聴取をしなければならないからだ。

女性の首には、赤紫色の指の形の痣が残っていた。女性は、怯えきっていた。仰向けにベッドに寝たまま、絶えず目玉を右から左へ動かしていた。その様子は、何か天井に書き連ねられた意味深い経典でも読んでいるようだった。刑事は、ちらりと天井に目をやって、そこに何の文字もないのを確かめたほどだった。

「私が殺しました」

刑事の顔を見るなり、女性はすがるようにそう言った。それでやっと救われたような表情になった。

姉を殺したのは、妹だった。実業家の姉に、妹は金の無心をした。何度かは、姉から妹へ金が渡ったが、その額がかさむと、姉はそれを拒否するようになった。そして、妹の浪費癖を強い口調でいましめた。あの日も同じような問答があった後、妹は、かっとなって姉を殺した。姉は出かけようとしていたところで、手袋をはめていた。その姉を、妹は玄関にあった置物で殴って殺した。我に返った妹は、付き合っていた男を呼んだ。そして、夜が更けてから、二人で一階の部屋から姉の死体を運び出した。

その男は、近くに空き家があるのを知っていた。二年前にそこに住んでいた老人が亡くなるまで、庭の手入れをまかされていた植木屋に勤めていて、当分は取り壊されずに放っておかれる家であるということをよく知っていたのだ。

きっと何もかもが朽ち果て、姉の死体が白骨になるまで、誰にも気づかれることはなかっただろう。史子に拾われることになる、あの黒い手袋さえ落とさなかったら。

「なぜ、あの人の首を絞めたんです？」

刑事は、もう一度尋ねた。

「わかりません」

史子は、もう一度答えた。

本当にわからないのだ。あの時、なぜあんなに激しい怒りに翻弄されたのか。

だが、一つだけわかっていることがある。あの若い女性は、確かめに来たのだ。あの歯列矯正用のブリッジを見た時にわかった。あの銀色のブリッジに光が反射するのを、史子は以前にも見ていた。

黒い手袋を拾う前の晩、空き家の前で、路地から飛び出してきた黒い人影とぶつかりそうになった。史子は、グリの引き綱を引き、薄ぼんやりした街灯の下に立っていた。そこへいきなり、人が飛び出して来たのだ。ぶつかりはしなかった。史子は身をそらせて光の中へ入ったし、その人物は逆に暗がりの中に飛びすさったから。

けれども、驚いたように開いた相手の口の中で、銀の金具がきらりと光るのが見えた。ほんの一瞬のことだった。

忘れていた。あの女の首を絞め上げた時でさえ。それを思い出したのは、警察へ連れてこられてからだ。こちらは忘れていたけれど、相手は憶えていた。年齢に似合わない派手なダウンジャケットを着た通りがかりの女を。史子の方は、街灯の下に立っていたのだから。

あの女は確かめに来たのだ。テレビのニュースで、あの時ぶつかりそうになった相手が、姉の黒い手袋を拾ったことを知って不安になった。サーモンピンクのダウンジャケットを着た女が、前の晩の出来事と、あの黒い手袋とを結び付けて考えていはすまいかと。

けれども、史子はそんなことを刑事に言うつもりはなかった。どちらにしても説明は出来ない。あの時、なぜ自分があの女の首を絞めたのかを。

あのすさまじい憎悪の出所を。

手袋が私を選んだのだ。

史子はそう思った。

昨日は、夜遅くまで警察署に留め置かれたけれど、結局、家へ帰る許可が下りた。それ以来、二階の自室で横になっている。朝食をどうするかと、母が聞きに来たが、史子はゆっくりと首を横に振ったきりだった。

父も母も困惑しているに違いない。テレビや新聞のニュースでは、どのように報道されているのか知らないが、史子自身が口をつぐんでしまっているので、昨日、自分たちが留守の間に何があったのか、きちんと受け止められずにいるのだろう。

あの手袋は今、どこにあるのだろう。

史子は殺された姉にも、罪を告白した妹にも興味がなかった。あの黒い手袋。あれを手にはめた時の感触を思い出していた。肌にぴったりと吸いつくように、右手を包み込んだあの心地よさ。それと同時に何かが氷解していくような、とろけるような快感も味わった。ぴしりとひびが入った音さえ聞こえた気がする。ずっとずっと気づかないふりをしていた。自分の心の湖底に沈んでいたものに。

あの気持ちをもう一度味わいたい。

あの手袋さえあったら——。

しんと静まり返っていた階下が、にわかに賑やかになった。沙紀がやって来たらしい。玄関先に荷物を置く、ドタリという音がした。ほっとしたように、娘に話しかける母の声。ドタドタドタドタと廊下を奥へ歩いてくる沙紀の重い足音。何がおかしいのか、弾けたように上げる下品な笑い声。

史子は、思わず目を閉じた。頭の芯が熱くなってくる。

今度は階段の下。

「お姉ちゃあん、起きてるんでしょ？」

急な階段をいつものように手をついて上がってくる。ズリ、ズリ、ズリ、と這い上がってくる。太ももも、垂れ下がった胸も、ぶよぶよした腹も、体全部を使って階段を這いずって来る。ビチャッと湿った音も加わる。きっと顎からは、粘性の高い分泌物が垂れて、背後にぬらぬらと続いているに違いない。薄汚い、おぞましい生き物だ。人間じゃない。

手袋を――。

いや、もうそれは必要ないかもしれない。

手袋なんかなくても私は――。

こんどこそ。

史子は、布団の下で右手をぐっと握り締めた。

キリコ

　自動扉が開いて、生ぬるい空気が入って来た。マクドナルドに入って来たのは、子供三人を連れた若い夫婦だった。カウンターに寄りかかっていたユイとカナは、それぞれのトレーを持って、家族連れからなるべく離れた席へ座った。午後二時半のマクドナルドには、客はその二組きりだった。

「ああ、暑かった。外はたまんないよね」

　ユイは頭からストンと被ったようなワンピースの胸元をバタバタ動かして風を入れた。そして、カナのトレーに目をやると、

「それだけ？　お昼まだなんでしょ？」と、片眉を動かした。細く描いた眉がすっと上がった。

「いいの。ダイエット中だから」

　カナのトレーには、アイスカフェオレのカップしか載っていない。

「お好きにどうぞ」

　ユイは、ダブルチーズバーガーにかぶりついた。

「あんたなんか全然太ってないじゃない。変にダイエットしてるとおっぱいが垂れる

よ」

どちらかといえば、むっちりと太ったユイが、指についたケチャップを舐めながら言った。

「いいわよ。もう今さらおっぱいの形なんか気にするもんか」

カナは十七の時に、夫の智《さとし》と結婚したのだが、もうその時にはお腹に子供がいたのだった。

「祥兄《しょうにい》は元気？　ちゃんと仕事してんの？」

そう言いながらカナは、ユイのポテトに手を伸ばしてくる。学生時代、同級生だった二人だが、ユイがカナのすぐ上の兄と結婚したせいで、義理の姉妹という関係になった。

「まあ、ぼちぼちよ」

ユイが浮かない顔で答える。

「すぐに体の具合が悪いとか言って休みたがるんだから」

「気をつけないと、祥兄は昔から仮病使うのがうまいからね」

カナは、くくくっと笑った。ユイは憮然とハンバーガーを咀嚼し続けている。

「あら、いいわね。そのサングラス」

ユイの頭を指してカナが言う。無造作にゆるくまとめたユイの髪の上にちょこんとのっかったサングラスのことを褒めているのだ。

「ああ、これ？」

「どこで買ったのさ」

「キティズ・モール。安もんよ」

「素敵よ。今度私もぶらついてみよう」

テーブルの下に目を落とすと、ユイの足の爪に施されたペディキュアに気がついた。ラメ入りの明るいパープルだ。

「でもそのペディキュアの色は、ちょっといただけないわね」

「うん、これ、美咲《みさき》が塗ってくれたの。私もね、ちょっとキモイ色だとは思ったけどね」

　カナは眉をひそめた。

「キモイだなんて。そんな若い子が使う言葉、使わないでよ。美咲ちゃんの影響でしょ。いくつだっけ？　美咲ちゃん」

「十五歳」

「十五！　そういう子から見たら、うちら完全におバンだわ」

「あら、そんなことないわよ。結構気が合うのよ、私たち」

　ユイはチーズバーガーを食べ終えて、包装紙をくしゃっと丸めた。ポテトはあらかたカナがつまみ食いしてしまっているが、いつものことなのか、あまり気に留める様子もなく、ジンジャーエールのストローをくわえた。

　しばらく二人は黙って、埃っぽい表通りを眺めていた。また自動扉が開いて、カップルが入ってきた。

「いらっしゃいませー」という店員の声と、マニュアル通りのやり取りがしばらく続いた。

「ねえ、キリコさん、最近どうしてるのかしら」

「最近も何も、もう何年もお目にかかってないわよ」

「ああいう人も珍しいわよね」

「修兄《しゅうにい》も苦労するわよ」

　カナには、三人の兄がいた。上から惣一郎《そういちろう》、修二郎《しゅうじろう》、祥三郎《しょうざぶろう》という名前で、キリコは二番目の兄の修二郎の妻なのだ。

「もうお母さんも亡くなったんだから、ちょっとは親戚付き合いしたっていいと思うんだけどね」

「いいじゃない、もう。あの人は変人なんだから。私はかかわりたくないよ」

　カユイはわざと顔をしかめてみせ、「あんた、ちょっと焼きすぎじゃないの？」とカナの腕を指した。カナは、バッグからボディ・ローションを取り出して両腕にすり込んだ。

「キリコさんのキは、喜ぶっていう字だっけ？」

「輝くじゃなかった？　もう忘れちゃったよ」

「うちらは二人ともカタカナの名前でよかったね」

「なんせ難しい漢字、憶えられる頭じゃないからね」

　二人は低い声で笑った。

　修二郎と祥三郎とは、年が六歳離れている。だからユイとカナにとっては、長兄と次兄とその連れ合いたちは、遠い存在に感じられた。長兄の惣一郎には、しっかりものの妻がいて、代々続く造り酒屋を切り盛りしている。そのせいで余計に次兄の影が薄いのか、キリコという兄嫁が変人だからか、あまり話題にのぼらないのだ。

「でもさ、お姑《かあ》さんとどういうふうに仲が悪かったの？　具体的に言うと」

「最初から気に入らなかったのよ。うちの母さんはキリコさんが。修兄と一緒になるっていうんで大反対して。でも私はまだ子供だったからさ、そん時。後でいろいろ聞いただけなの。祥兄に聞いてみれば？」

「だめよ。うちの人、その事になると、まるきりだんまりを決め込むの」

　ユイは灰皿を持ってくると、バッグの中に手を入れた。そして、しゃれたきんちゃく袋から、煙草とライターを取り出した。

「一本もらえる？」

カナはユイの返事も待たずに一本抜き取った。ユイはカナの煙草に火を点けてやり、次に自分のにも点けた。

「どうしたの？　今さら禁煙とか？」

ユイは横を向いて、盛大に煙を吐き出した。家族連れの母親が、遠くの方で嫌な顔をしたが、おかまいなしだ。

「そこまでじゃないけどさ、うち、赤ん坊がいるからね。旦那がいい顔しないのよ」

ユイは煙草をしまうついでに、携帯を取り出してちらりと見た。カナの言い分には、「ハーン」と気のない返事をした。

「誰かから、電話かかってくんの？」カナが煙草をはさんだ指で携帯を指した。

「えっ？　友達とね、氷《ひ》川《かわ》きよしのコンサートに行くつもりなの。チケット取れたら、連絡くれることになってんの」

「氷川きよし？　あんたファンなの？　知らなかった」

「そうだよ。毎年行ってんの」

「へーえ、氷川きよしねえ」

灰皿に灰を落としながら、カナが感心したように言う。

「コンサート行くとね、中年から初老くらいの女ばっか。うちらくらいの年のもんは珍しいよ」

「そうだろうねえ。もの好きだねえ」

「いいじゃん、別に」

カナは、咳き込むように煙を細かく吐き出しながら笑った。サマーニットの上に二重にかけた大振りのネックレスが、じゃらじゃら鳴った。

「で、キリコさんの話なんだけどさ」

二人は申し合わせたように、灰皿で煙草をもみ消した。

「修兄とキリコさんが住んでる家、あんた行ったことある？」

「一度だけね。お姑さんのお伴で行ったことある」

ユイは遠くを見るような目をした。

「いっとき、私の知り合いが修二郎義兄《にい》さんちの隣に住んでたこともあるの。あの一帯、皆古い家だもんねえ」

「でしょう？　陰気でじめじめしてて、キリコさんにぴったりと言えばぴったりだけどね」

二人は声を合わせて笑った。

「あそこ、裏が水路になってんの。堀川《ほりかわ》っていう石積みの岸壁の川。だから湿気が多いの」

「あ、そうだったわね。確かにあったね。そんな川が」

「戦前から建ってるあの並びの家は、間口が狭くて奥が深いでしょう。町屋風っていうの？　私、何回か行ったことあるけど、両隣がくっつくように建ってるせいで、中に日が入らなくて暗いのよ」

「あ、でも私の知り合いは、あの古さがいいんだって言ってたわよ。いずれ取り壊されるんだから、大家さんが好きに手を入れさせてくれるんだって。壁をぶち抜いたり、壁紙張ったり。結構しゃれた作りにしてたよ。今風に言えば何て言うの？　トレンド？」

「知らないよ。漢字もだめなら横文字にもからきし弱いのよね、うちら。で、その人長く住んでたの？　キリコさんちの隣に」

「いやあ、二年程じゃないかなあ。改装して住み心地はいいはずなんだけど、家の中でごたごたがあってね」

　家族連れのうちの子供の一人が、ユイとカナのテーブルの横を駆け抜けて行った。手にはマクドナルドのファミリーセットに付いていたプラスチック製のおもちゃが握られている。

　店員の「いらっしゃいませー」という声とともに、六十年配の男が入ってきた。カウンターに「コーヒーね」と声をかけると、さっさとテーブルに座ってしまう。が、常連なのか、店員は心得顔でホットコーヒーを淹れている。

「実を言うとその人、うちの実家の遠縁に当たる人なのよ。私がっていうより、私の弟が親しくしていたの。そういえば、今思い出した。弟から聞いた話」

「お待たせしましたー」

まるで背中のスイッチを押されて出す声のような突き抜けた声を出しながら、ミニスカートの店員が男のところへコーヒーを運んだ。その女の子が行ってしまうのを待って、ユイは話し始めた。

あんたも知っていると思うけど、修二郎義兄さんとキリコさんが住んでいるあの堀川沿いの家は、棟割長屋と言ってもいいくらい、軒がくっついているでしょう？　今の建築基準法が出来る前の建物だからね。もちろん、塀なんてものもない。だから、ああいう所に隣どうしで住んでると、いやおうなしに相手の生活をうかがい知ることになるのよ。

あの町屋風の家は、明かり取りもかねて、小さな中庭があるよね。その庭を見下ろす所に、私の知り合いの家には窓があって、キリコさんが家の中にいるのが見えたらしい。

あ、私の知り合いの名前は、宮崎信介《みやざきしんすけ》っていうの。奥さんは弘江《ひろえ》。あそこに住んでた時は、三十そこそこじゃないかな。多分キリコさんたちも同じくらいの年齢だったはず。だから、わりと奥さんどうしは仲良くしてたらしいの。信じられないわよねえ。私たちとの親戚付き合いはしないのに、お隣さんとはうまく付き合うなんて。

何でもかんでも修義兄さんに言わせて、自分は後ろに引っ込んでんだから。キリコさんて人は。お姑さんが、祭りの日につけたお寿司を二人に食べさそうとしたって大変なんだからね。取りに来いって言っても来ないから、酒屋の従業員に持って行かせても、居留守を使って出てこないのよ。修義兄さんが、仕事が終わってから取りに来たけど、お姑さん、「もういい」って渡そうとしなかったものね。

そりゃあ、そうでしょう。一事が万事、そういう調子なの。よっぽど私たちと付き合うのが嫌なんだろうね。

変人なのよ、要するにあの人。

信介さん、時々、キリコさんがおかしな事するのを目にしたんだって。

あの裏の堀川ね、昔は洗濯やら、野菜の泥おとしなんかに使われてたらしくて、各家ごとに川端まで下りていける石段がついているの。もうそんな石段、誰も使わないで放ってあるのに、キリコさんはたまにそこに下りて行ったらしいの。で、何をするかというと、お茶碗を洗うんだって。それもいつ見ても同じお茶碗。外側は、素焼きみたいに濃い土の色をしているんだけど、内側は砂金色のしぶい釉薬《ゆうやく》がかかっているお茶碗。どう？　ちょっと気味が悪いでしょ？　あの人、変人なだけじゃなくて、ここがイカレてんのかもね。

　まあ、そんなことどうでもいいんだけど。そうでしょ？　あの人の頭の中身なんか誰が心配してあげるのよ。修義兄さんだってもう諦めてるに違いないわ。

　あんまり大きな声では言えないんだけどさ、その頃、信介さん、浮気してたらしいの。ここだけの話にしてよ。弟にだけ打ち明けたんだから。相手は、信介さんが勤めてた工場の食堂で働いてた女の子。よくある話ではあるんだけど、信介さん、ぞっこんでね。とうとう弘江さんと別れてその子と一緒になりたいって思うようになったんだって。弘江さんもうすうす気づいてて、キリコさんちに入り浸って、相談にのってもらってたそうよ。まあ、あんな常識も何もない人によく相談なんかしたものよね。裏の川で薄汚い茶碗を洗うような人によ。でも、弘江さんも思いつめてたんでしょうよ、きっと。

　信介さんも悩んだ挙げ句、弘江さんに別れ話をきりだしたの。相手の女の子が妊娠したっていう話を聞いて、もう逃げられないと腹をくくったんでしょうね。でも、その妊娠てのは眉唾もんだわね。よくああいう立場の女は、そんなはったりを言うからね。

そしたら、弘江さんはこう言ったそうよ。

「もう覚悟はできてる。その代わり、その女の子と二人きりで話がしたい。この家に連れて来て欲しい」って。

もちろん、女の子はしぶったわよ。まだ社会に出ていくらもたたない子だもの。まともに大人の女と話なんか出来るわけないじゃない。まして、相手は自分と不倫関係にある男の奥さんよ。でも、信介さんも必死だった。この条件さえのめば、一緒になれるんだからって女の子を説得したの。

そしてとうとう女の子を自分の家に連れて来た。弘江さんは、機嫌よく迎えたそうよ。二人きりで話がしたいというのが、弘江さんの望みだったから、信介さんは家を出たの。二時間、かっきり、駅前のパチンコ屋で時間をつぶして帰ってきたの。そしたら、女の子も弘江さんも、なごやかに話しているようなので、胸を撫で下ろしたんだって。帰りに、女の子に首尾を聞いたら、「どうってことなかった」って答えた。

「どうってことなかった。二人きりで話すって言ってたから、緊張したけど、実際はお隣に連れて行かれて、お隣の奥さんも交えて、たわいのない話をしただけだ」って。

弘江さんは、ただ女の子がどういう子なのか、見てみたかっただけなのかもしれない。それでも、不審に思った信介さんが、細かく問い質すと、キリコさんのところで、おいしい水をご馳走になったってその子が言ったらしいの。そうよ。あの堀川で洗ってた、あのお茶碗に水をたっぷり入れて出したらしいのよ、キリコさん。あの家の中庭にポンプがあるでしょ？　夏でも冷たくておいしい水が汲めるんだって。だからってお客さんにただの水を、それも茶碗で出すなんてねえ。きっと、きちんと親が躾けてないのよ。キリコさんて人は。まあ、うちらもあんまり言えた義理じゃないけどね。

　で、その後、信介さんは弘江さんと別れてその子と一緒になったかって？　それがそうはならなかったの。

　それからしばらくして、その女の子は亡くなってしまったの。電車に轢かれてね。それは惨い死に方だったっていう話よ。遺体が潰れて車体の下に挟まれるわ、引きちぎられた肉片が散乱するわで、警察と消防とが、線路沿いを這いつくばるようにして、掻き集めたそうよ。結局は事故ってことになったけど、もしかしたら、自殺だったのかもね。そうでしょ？　妻子ある男と不倫なんかしてさ、気が咎めたんだよ、きっと。

　そういうことがあって、信介さんも考えを改めたんだろうね。弘江さんと元の鞘に納まったんだけど、何年かして、やっぱり別れちゃったらしいよ。旦那が家に戻って来たっていうのに、なぜだか弘江さんの方が憔悴しきっちゃって、うまくいかなかったんだって。わからないもんよねえ、夫婦って。

　あれ？　どうしたの？　あんた、顔色悪いよ。

家族連れと若いカップルとが、続けざまに店を出て行った。残った年配の男は、両手でカップを包み込むようにして、一人もの思いにふけっている。閑散とした店内では、手持ち無沙汰な店員が、黙り込んでしまっている。

表通りの街路樹で、アブラゼミがひとしきり鳴いた。動きの止まった店内に、金属質なセミの声が響き渡った。ユイが乾いた唇を舐め、

「アイスコーヒーでもどう？」

とカナに問いかけた。カナは、うわの空で小さく頷いた。

ユイが、アイスコーヒーのカップを二つ持って席に戻って来ると、今度はカナが、意を決したように話しだした。ユイはまた煙草に火を点けた。

うちの母が、修兄とキリコさんとの結婚に反対したのはね、キリコさんの家系にあるの。キリコさんが生まれた家は、代々、占いを生業《なりわい》としてきたところなの。お母さんは古臭い言葉で「八卦《はっけ》見《み》の家」と言っていたけれど。よく当たる占いをしていたらしいわ。占いをするのは、女だけ。正確に言うと、この家系に生まれた女性にだけ、占いの能力が備わっていたということね。

江戸時代の中期から、この血筋は脈々と続いていたといわれているけれど、詳しいことはわからない。近年では、おおっぴらに看板出して占い屋をやってたわけじゃな

いからね。ただ、口伝えに聞いてやって来た人には、占いを立ててあげていたらしいの。もちろん、それなりの報酬は受け取るのよ。だからね、今、あんたが言ったように、その弘江さんて人が、キリコさんに旦那の浮気について相談を持ちかけていたのは、あながち見当はずれというわけではないの。

そう、キリコさんも占いをするのよ。うちの家に入る時に、母はキリコさんに、「決して占いをして人からお金を取るようなことをしてはいけない」と言い渡したの。母は、ほら、合理的な人だったでしょう。占いなんかてんで信じていなかったし、人の心を惑わして見返りを受け取るような、そんな浅ましいことをしてくれるなと、それが修兄との結婚を許す条件だったのよ。

でも、キリコさんは占いを捨てなかった。そういう血族なのよ。あの人が繋がっている家系は。

大昔は、女だけの占い衆として日本の各地を巡っていたんですって。これはいわれのない噂なんだけど、占いをすると同時に、春をひさいでいたという話もあるの。だから、余計に母は嫌っていたのね。

どういう占いをするかって？

私も詳しくは知らないんだけど、水を使うらしいの。水道水ではだめ。自然の水で、きれいに澄んでいる水ね。キリコさんは浄水と呼んでいたけれど。そして、滞っている水でもよくない。淀みなく流れていく水でないと。この辺りは伏流水が多いでしょう？　あの堀川という水路を流れているのもそういう水なの。だから、きっとあの家を選んだのよ、キリコさんは。

とにかく、そうやって細々とキリコさんは占いを続けていたの。そういう女性は、あの人の家系でももうほとんどいないんじゃないかしら。修兄とキリコさんとの間に、子供も生まれなかったし。でも、キリコさんが、たまに人に請われて占いを立てているという話は、すぐに母の耳に入った。もちろん、母は烈火のごとく怒ったわ。そして力ずくでも、それをやめさせようとしたの。ほら、うちは、こう言っちゃなんだけど、いわゆる「由緒正しい造り酒屋」だからね。

あんたは後からうちの家に入った人だから、そういう事情は知らないと思う。要するに、ただ性格が合わないってだけじゃないの。うちの母とキリコさんの間は。修兄は、自分の母親の気性の激しさを知ってるから、おとなしくて口数も少ないキリコさんをどうしてもかばうようになってしまったわね。それがまた母の気に入らなかったんだけれど。これは、あんたが祥兄と結婚する前の話。キリコさんは、母や、うちの家族に会うのを極端に避けるようになったのよ。占いをやっているのかどうかもよくわからなくなった。母も年をとっていったし、そのうち諦めたのかもしれない。

でもね、母の知らないこともあったの。これは、私の大叔父、つまり、祖父の弟に当たる人に聞いた話なんだけど、あのキリコさんが属する女系の占い師たちは、占い以外に、もう一つ出来ることがあったらしいの。それは、人を呪い殺すこと。

今、あんたの話を聞いてね、思い出したの。そのことを。私の大叔父は、大学教授をしていて、実証主義者だったからね。根拠もないことと、半分笑いながら、私にその話をしてくれたの。でも、決して人にしゃべってはいけないと言われた。母にもね。またこんなことが母の耳に入ったら、うちの中がもめる原因になるからって。

だから、今まで私は誰にも話してないの。この話。ていうか、すっかり忘れてたわね。あんたの話に出てきた、遠縁の信介さんの愛人ね、その人は間違いなくキリコさんに呪い殺されたわね。

ちょっと、灰がテーブルの上に落っこちたわよ。指が震えてるわ。さっさと消してしまいなさいよ、煙草。

大叔父の話によるとね、流れる清冽な水をすくうのに、占い師たちは代々、伝えられてきた器を使うんだって。手のひらの中にすっぽり入るくらいの、陶の器なんだそうよ。それは、時々、流れる水で洗い清めないと力を失っていくそうなの。信介さんが見た、キリコさんが洗ってたお茶碗は、きっとそれだと思う。

大叔父は、こう言ってたわ。

「人を呪い殺す時は、その器で、水に映った月をすくうんだ。そうして、その器に入った水を、呪い殺す相手に飲ませるんだ」って。

呪い、だなんて、あんた信じる？

私の母なら、そんな話、聞いた途端に笑い飛ばしたでしょうよ。でも、やっぱり母の耳に入れておくべきだったかしら。まさかとは思うけど。

それきり、カナもユイも黙ってしまった。店の中には、陽気なラップ音楽がながれていたが、そのわけのわからない歌詞に、ひたむきに耳を傾けているように見えなくもなかった。満月の夜に、地下水を汲み上げるためにポンプをこぐ、キリコの姿が二人の頭の中に浮かんでいる。

「キリコさんのあの家に、私、一度だけ行ったことがあるって言ったでしょう」

とうとうユイが口を開いた。

「あの前に、ちょっとひと悶着あったのよ。お姑さんとキリコさんとの間で。お彼岸が来る前に、お姑さんが足をくじいたかなんかして、お墓の掃除を修義兄さんとキリコさんに頼んでおいたのに、いざお参りに行ってみると、掃除をした形跡がなくてちらかってたらしいの。それで、お姑さんが、修義兄さんとキリコさんを呼びつけて怒ったの。今、あんたがしゃべったようないきさつが、それまでにあったのなら、何となく納得がいくわ。お姑さん、『もう我慢が出来ない』と言ったり、キリコさんのことを『気味の悪いイカサマ師の末裔』だとののしったりしてたわ。それでも家を出る時のキリコさんは、それこそ何事もなかったような静かな風情だったわ」

　ユイは、水っぽくなったアイスコーヒーをごくりとひと口飲んだ。

「でも、それがまたお姑さんの癇に障ったんでしょうね。修義兄さんがいない時を見計らって、キリコさんの家に出かけていったの。その時に私、付いてくるように言われて。私はそんなごたごたに頭を突っ込みたくなかったから、しぶしぶ付いて行ったんだけど――」

　ユイは、シガレットケース代わりのきんちゃく袋をさぐったが、気を取り直して、それをまたバッグにしまった。

「案の定、険悪なムードになってしまって。お姑さんが一方的に言いたいことを言って、それをキリコさんが聞いてるって感じだった。でも、お姑さんが言い尽くしてしまうと、今度は二人、向かい合ってだんまりよ。私、いたたまれなくなって、何とかかんとか言いつくろって先に帰っちゃったの」

「それで？」表情を変えずに、カナが促す。

　ユイは一瞬、口ごもったが、すぐに後を続けた。

「しばらくたってお姑さんに会った時、おそるおそるあの後のことを聞いてみたの。そしたら、お姑さん、ケラケラ笑って、『言いたいこと言ったから、すっきりしたよ。

あんまりまくしたてたもんだから、喉が渇いて仕方なかった。だから、水を一杯だけ飲ましてもらって帰ってきた』って。それって和解したってことなんだなと、私は理解したんだけどねえ」

「それ、いつのこと？」

「お姑さんが亡くなるひと月半ほど前になるかしら」

カナは、ビーチサンダルを履いた細い足を組み替えた。そして、鳥肌のたった両の腕をさすった。

アブラゼミが、さっきより近くで鳴きだした。カウンターの中では、店員があくびをかみ殺している。

「つまり、それって、お母さんはキリコさんに呪い殺されたってこと？」

カナは、自分の言葉を確かめるようにゆっくりそう言った。ユイは、びくんとしたようにカナを見直し、そして、唾をゴクリと飲み込んだ。

「そんなこと、私にはわからない」

ぶっきらぼうにそう答えたが、視線は落ち着きなく、さまよっている。

「だって、あの元気なお母さんが、突然倒れたのよ。急性心不全なんて、私は納得できない」

「しっ！　声が大きいわよ」

　二人は、はっとしたように辺りに目を配った。カウンターの中の店員が一人、こちらを見ていたようだが、気のせいかもしれない。

「とにかく、キリコさんには近づかないことよ」

「変人だろうと何だろうと、家に閉じこもってくれてよかったと思わないと」

「惣兄さんは、このことを知っているの？」

「わからない。でも、お姑さんが亡くなっても、惣一郎義兄さんとお義姉さんがしっかり家業を継いでいてくれるんだから安心よね。私たちも余計なことは口にしないことよ」

「そうそう、もしキリコさんに恨まれたら――」

　カナは、そこで口をつぐんだ。

　二人は、しばらく向かい合ってアイスコーヒーの残りを啜った。二人の頭の中には、実家の造り酒屋の暖簾《のれん》がはためく様や、キリコの住む、堀川沿いの町屋や、いつまでも若い娘のように黒い髪を伸ばしている陰鬱なキリコの顔が浮かんでは消えていった。

「忘れましょうよ。こんなこと」

　そうユイが言い、それをしおに二人は立ち上がった。立ち上がりざまによろめいたカナを、がっしりとしたユイが手を出して支えた。カナは、力なく「ありがとう。大丈夫」と言うと、テーブルの脇に立てかけてあった杖を手にした。ユイは、手早くテーブルの上のものをトレーに載せて運び、ゴミ箱の中に空けた。そして二人は、自動扉に向かってゆっくりと歩いた。ユイの携帯電話が鳴って、ユイはちょっとの間立ち止まってメールを読んだ。

「あんた、よくメールなんてするわね。私なんかもう文字が読めないよ」

「あら、これ、らくらくホンだから文字が大きいのよ。ほら」

　ユイはカナに携帯を見せた。そうしゃべりながら、二人はカウンターの前を通り過ぎ、店員たちは夢から覚めたように動き出して、

「ありがとうございましたー」と唱和した。

自動扉が開いて、二人は日盛りの中に歩み出た。ユイはすかさず白髪の上にのっていた、丸いサングラスを下ろしてかけた。

「でも、私、白内障の気《け》があるからね。強い光は目に悪いの」

扉のそばにとめてあったシルバーカーを押しながら、ユイが言った。

「あら、そうなの。そりゃ、気をつけなきゃね。私は膝の具合がよくなくてね」

　カナの痩せ衰えた両足は、大きく外側に向かって湾曲していた。

　二人が歩道に出ると、自転車に乗ってやって来た、中学生くらいの女の子が、かなり向こうから声をかけてきた。

「あ、ひいお祖母《ばあ》ちゃん！」

「あら、あんたんちの美咲ちゃんだ」

　シルバーカーに寄りかかるように、うつむいていたユイは顔を上げた。

「美咲かい、どこかへ行くの？」

「うん、今日は夜市でしょ？」

「そう。遅くなるんじゃないよ。お母さんには言ってあるんだろうね」

　ユイの言葉に、うんうんと頷いていた美咲は、ユイの足元に目を落とした。

「あ、ひいお祖母ちゃん、まだそのペディキュアしてんだ。素敵よ、その色」

　ユイは相好を崩して、

「美咲に塗ってもらったんだもんね」と答えている。

「ひいお祖母ちゃん、またマックで涼んでたの？　カナお婆ちゃんと」

「そうだよ、仲良しなんだよ。うちら」

　カナがまばらに歯の抜けた口を大きく開けて、笑った。

　美咲が「バイバーイ」と手を振って行ってしまうと、二人はまた歩きだした。

「ひ孫もあれくらいになると、世話ないよね」

「かわいいもんよね。いいよ、女の子はかわいくて。うちのひ孫は男の子だし、まだ赤ん坊だし、手が掛かって——と言ったって、危ながって嫁さんが触らせてくれないんだけどね」

「さあ、そろそろ夕飯が出来た頃合いだ」

「うちは、まだまだだ。若嫁さんがパートに出てるからね。だから祖父《じい》さん、夕方になると機嫌が悪いのさ」

　金子ユイと増田カナは、歩道を並んでよろよろと歩いて行った。曲がった背中を、西日がオレンジ色に染めていた。

　マクドナルドの店内では、三人の店員が、カウンターの中からそんな二人の後姿を眺めていた。

「耳が悪いのかねえ、あの婆さんたち。いつも大声で気味の悪い話をしていくよなあ」

「いくつくらいかしら。もう二人とも八十はとうに越えているよね」

「しっ、まだお客さんがいるのよ」

　年長の方の女性店員がたしなめると、男の店員は、カウンターをダスターで拭きながら、「いいの、いいの」と気楽に答えた。

「ね、足立さん」

　カウンターの近くのテーブルに座っていた、足立と呼ばれた初老の男は、ゆっくり振り返った。彼も去り行く二人の老婆をガラス越しに見送っていたらしい。

「よく来るの？　あの二人」

「あれ、足立さん、知ってるの？　あのお婆さんたちを」

「うん、二人が話していた造り酒屋っていうのが、うちの近くなんだ」

「じゃあ、本当なの？　あの話。占いとか、呪いをかけるとか——」

足立は朗らかに笑った。

「さあ、そのへんはあまり詳しくはないがね。そういう一族があったという話は、わしも祖母から聞いたことはあるな。でも、どっちにしてもあの二人が話してたのは、戦前の話だからね」

「うへっ、そうなの？　ついこの間のことみたいに話してたじゃん」

若い女の子は、大仰に顔をしかめてみせた。男の店員は、足立のカップが空になっているのを見て取ると、「店長には内緒ね」と言いながら、もう一杯注ぎ足した。

「やあ、悪いね」

足立は、カップを手に取ると、スツールを回して、カウンターの方に向き直った。

あの二人は、だいぶ耄碌しているようだね。人間関係がこんがらがっちゃっているよ。

一人の婆さん――カナさんていうんだが――、あの人の一番上の兄さんの惣一郎さんと、二番目の兄さんの修二郎さんは双子でね。ちょっと年の離れた三番目の祥三郎さんとユイさん――さっきの太った方の婆さん――とが、夫婦なんだ。で、修二郎さんが惣一郎さんより先に、桐子《きりこ》さんという嫁をもらった。そして、すぐ戦争が始まって、二人とも出征して行ったのさ。だけど、戻ってきたのは惣一郎さんだけだった。かわいそうに、修二郎さんは、どこだったか、南洋の島で戦死してしまったんだ。

帰って来た骨壺の中には、お骨も何も入ってやしないんだ。ただ一個、小さな石が、ころんと入っているだけで。これじゃあ、遺族も納得いかないやね。でも、あの頃にはそんな話、掃いて捨てるほどあったのさ。その辺の事情が、あの婆さんたちが、修二郎さんが生きてるって思い込む原因になったのかもな。

とにかく、戻ってきたのは長男の惣一郎さん。そして戦争未亡人になった桐子さん。二人は家を継ぐために一緒になったんだ。これもあの頃には、たくさんあった話の一つなんだ。桐子さんは、長男の嫁として、身を粉にして働いて、酒屋を守《も》り立てていったんだ。さっきも言ったように、占いを立てる女系の一族がこの近隣にいたっていうのは、話だけは聞いたことがあるが、戦争時分にももう珍しいくらいの古い話さ。桐子さんの家系がそうだったなんてことは、聞いたことがないね。

話の中にあった、堀川沿いの町屋の並びね。確かにあったがね、戦災で全部焼けてしまったね。そういえば、わしの祖母さんも、あの占い師の一族は清い水のそばに住むんだとは言っとったな。もしかすると、戦前、占いをする一族の一人がそこに住んでいて、その人と桐子さん夫婦とが、あの二人の頭の中で混同してしまったのかもしれないな。なんせ、あれくらいの年頃になると、最近のことはさっぱりなのに、昔のことはなぜか鮮明に憶えていたりするもんなんだ。

　えっ？　桐子さん？　生きてるよ。惣一郎さんも桐子さんも九十をいくつか越えたくらいの年だろうがね。まだまだ達者なもんだ。さっきの二人より頭もしゃんとしとるかもしれんな。

　おや、もう六時じゃないか。そろそろわしも神輿《みこし》を上げるかな。

　おご馳走さん。


　男は、カウンターの中の三人に軽く手を上げると、店の外に出た。入れ違いに、高校生の男子生徒たちが、どやどやと入ってきて、店の中は活気づいた。

　男は、高校生たちが乗ってきた自転車の横で、錆びた自転車にまたがった。自転車を漕ぎ始めると、チェーンがカバーに当たるガチャン、ガチャンという音が、気だるく聞こえてきた。男はそのままスピードを上げて、本通りを下って行った。排気ガスが渦巻く交差点をいくつか抜けて、住宅地へ入る。やや下り坂になった路地を曲がって、橋を渡る。本通りは背後に遠ざかった。川に沿ってしばらく漕いだ後、男は、こんもりと繁った神社の森のそばを抜けて行った。

家が近づいたのか、すれ違う幾人かと挨拶を交わす。最後に出会った、同年配の男とは、自転車を降りて立ち話をした。その男とも別れ、田んぼの中の一本道を自転車を押して歩いた。稲の先には、黄緑色のモミが縦に二つに割れたような花が、穂状についていた。この時期は、稲が大量の水を吸うため、田には「花水」といって深さ五センチほど、水が張ってある。その上を渡ってくる風は涼しくて、男はほっとしたような表情を浮かべた。

さしかかった集落の中でも、ひときわ大きな蔵を持った家が目に入ってきた。家の軒には「菱立《ひしだて》酒造」という、古くて大きな看板が掛かっていた。

さっき話に出た、惣一郎と桐子夫婦の家だ。男はそこで立ち止まって、汗を拭いた。この地区は水がいいので、造り酒屋が多かったのだが、今は二軒だけになってしまった。「菱立酒造」の屋敷内にも、湧き水が出ているという。

そういえば、この家の姑は、確か心臓を悪くして急に亡くなったと聞いた。あの二人の老婆の記憶は、どこまでが現実で、どこまでが妄想なのだろう。もはや、自分たちでも区別がつかないのではあるまいか。それにしても呪いだって？　ばかばかしい。男はそっと思い出し笑いをした。

湧き水を樋《とい》で引いてきた洗い場に人影があった。男は夕闇の薄い膜を通して、流れる水とその人物をうかがった。腰をくの字に曲げたその老婆は、まさに桐子その人であると気がついた。男は、いつものように気安く声をかけようとして、その言葉を呑み込んだ。

桐子が、樋から流れ落ちる水で熱心に洗っているものにふと目がいったのだ。それは、ざらざらした手触りの小ぶりの茶碗のように見えた。さらに目を凝らすと、それは陶の器で、内側は砂金色に輝いているのだった。

水田の上をザァーッと風が吹いた。幼い青い稲が、二手に分かれて風の道が出来た。その風を背に受けて、男は首の後ろのあたりが、ぞわりと総毛立つのを感じた。

男は急いで自転車にまたがると、集落の中の細い道を黄昏に追われるように去っていった。

とびだす絵本

ガスボンベどうしがぶつかり合う、低いが騒々しい音をたてながら、プロパンガス屋のトラックが門を入って来た。隆幸《たかゆき》は、電気ポットからマグカップに注いでいた湯を止めた。

「ちわーっ、ツバメプロパンでーす」

裏の勝手口が開いて、ガス屋の声がした。隆幸は、台所を横切って勝手口まで行った。半開きになったドアの向こうに、青いキャップを被った若い作業員の顔があった。

「すぐに取り付けますんで……」

そう言うと、顔はさっと引っ込んだ。トラックの方で、ガスボンベをリフトで下ろす音、地面をゴロゴロと転がしてくる音がし始めた。隆幸は、のろのろと居間の方へ引き上げた。

そして、マグカップのコーヒーに湯をつぎ足してひと口飲んだ。電気と水道は、伯母が亡くなった後も契約を打ち切らずに、そのままにしてあったからすぐに使えたが、ガスだけはボンベが撤去されていて、不便だった。冬だから、二、三日風呂に入れないくらいはどうということもなかったが、簡単な調理も出来ないのには閉口した。長い間、一人暮らしを続けている隆幸は、自炊も板についたものだ。

「取り付け完了しましたー。ガス器具の点検をさせていただいてよろしいでしょうか」

ガス屋の声に、今度は立ち上がらずに返事だけ返した。作業着姿のガス屋が入って来た。ガス台と湯沸し器の位置を顎で示すと、きびきびと働いて、点検作業を始めた。

「ここ、結構長い間、空き家だったですよね。あのお婆さんが亡くなられてから――」

ガス屋はおしゃべりだ。

「また住まわれるんですか？」

「ああ。去年の春、亡くなったのは、僕の伯母なんだ」

「あ、そうなんですか。そうですよね。こんな大きな家、空き家にしておくの、もったいないですもんね」

古い型の湯沸し器はなかなか作動せず、ガス屋はちょっと黙り込んで、作業に集中した。

「家族で引っ越して来られるんですか？」

コーヒーを飲み終わった頃、作業員がこちらに向き直って尋ねた。

「いや、僕一人だ」

「へえ、お一人で？」

ガス屋は、バインダーに挟んだ書類にサインを促した。

「どちらにしても、この湯沸し器はもう寿命ですね。長く住まわれるんでしたら、新しいものに取り替えた方がいいですよ。パンフレット、置いていきましょうか？」

「いや、いいんだ。そう長く居るつもりはないから」

「あ、そうですか」

ガス屋は、どうにも要領を得ないというふうに、小さく首を振った。

ガス屋が帰っていくと、家の中はまたしんと静まり返った。

この家は道から奥まった所にあるし、古くからの住宅街の中にあるので、こうして座っていると、まるで世の中から切り離されたような気持ちになる。すっかり葉をふるい落としたイチョウの大木が、柔らかな冬の日差しを受けて庭にそびえたっている。銀杏《ぎんなん》も今は拾う人もなく、木の根元で静かに土と同化しようとしている。子供の頃、あのふっくらとした黄色い実を、果肉の臭さに息を止めつつも、競って拾ったものだった。

隆幸と、従兄弟の准一《じゅんいち》と、そして由香里《ゆかり》とで——。

日が傾くと、部屋の中はしんしんと冷えてきて、隆幸はファンヒーターを点けた。戦前に建てられたこの家は、窓こそアルミサッシに入れ替えてあるものの、どこからともなく隙間風が入ってくる。それに何よりガス屋が言ったように、だだっ広いのだ。

去年、七十八で亡くなった伯母は、二十年近くもこの家で一人暮らしを続けていた。

庭も含めてこう広いと、伯母一人では維持管理が大変だったろう。一人息子の准一は、遠くイギリスに住んでいたし、幼い頃、さんざん世話になった甥の隆幸は寄り付きもしなかったのだから。

住み込みのお手伝いさんを含めて、一時は七人が暮らしていたこの家を相続した准一は、とうとう売り払うことを決心したのだ。

「自分はイギリスに永住することに決めたのだ」と准一は隆幸に手紙を送ってきた。ついては、家の中に残った荷物の整理をお願いできないだろうかと。その間、家に滞在してもらってかまわない。不動産屋には、いい買い手が見つかるまで、焦らず捜してくれと言ってあるから。

准一が、隆幸の側の事情を知っていたとは思われない。准一と同じく一人っ子だった隆幸も両親を亡くして久しく、隆幸の近況を海の向こうの従兄弟にまで伝える近しい親戚は、もう一人もいなかった。伯母が亡くなってしばらくして、勤めていた印刷会社が倒産し、隆幸は失業してしまっていたのだ。准一の手紙の最後に付け加えられた、「そんなに高くは売れなくていいんだ。こっちは金に困っているわけではないから」という文言を、隆幸は苦々しい思いで読んだ。つるんとした白い顔に似非《えせ》笑いを浮かべていた、幼い頃の准一を思い出した。

一つだけ隆幸より年が上の准一は、この平川《ひらかわ》家の跡取り息子ということで家族中の寵愛《ちょうあい》を受けていた。隆幸とは違って成績もよかった。四十年も前のことだから、お手伝いの多美《たみ》も、大仰に「坊ちゃん」と呼んでいた。母方の祖父母の家である平川家に遊びに来る隆幸のことは、「隆ちゃん」としか呼ばなかったから、多美には多美なりの区別があったのだろう。隆幸も特に気にはしなかった。

　隆幸が小学校二年の時、父は勤務していた繊維問屋を辞めて、縫製工場を始めた。縫製工場といっても、近所の小さな倉庫を借りてミシンの踏み台を踏むというものだった。縫製工も、父がよその工場から引き抜いてきた大久保《おおくぼ》という五十年配のベテラン以外は、近隣の主婦を雇ったもので、その中には母も含まれていた。

　そういう事情があったから、小学校の間、隆幸は長期の休みに入るとこの家に預けられて、従兄弟の准一と過ごすことになった。平川の家は、祖父は大学で経済学を教えていた教授だったし、母の兄である伯父は、市役所勤めのかたわら、郷土史を研究するという、学究の徒の家系であった。祖父が建てたこの洋館には書庫があり、祖父も伯父もそれぞれに書斎を持っていた。隆幸がこの家に来る楽しみの一つは、本がたくさんあることだった。もちろん、祖父や伯父の本は難しくて読むことは出来なかったが、隆幸は二階にある書庫に入って、金色に印字された背表紙の文字を指でなぞったり、古いインクの匂いをかいだりするのが好きだった。それに、子供向けの文庫もたくさんあったのだ。母や伯父とは年の離れた、早苗《さなえ》という名の叔母がいて、体が弱かったせいもあり、たくさんの本を買い与えられていた。隆幸たちより十ほど年上だけだった。誰もが「サナちゃん」と呼んでいた叔母は、結婚することもなく、とうとう祖父母より先に亡くなった。

が、その当時はまだ若くて、簡単な家事をしたり、准一や隆幸と遊ぶくらいの体力はあった。

　そういう家だったから、平川の家族は、隆幸の母が生活に追われて働かなければならない境遇に陥ったことを快くは思わなかった。堅い勤め人のところに嫁《や》ったと思ったのに、とんだ計算違いだったというわけだ。そういうことを誰もあからさまに口にしなかったのは、父に遠慮しているというよりは、教育者の家であるという品の良さから来たものであったように思う。

　祖父母も伯父、伯母も隆幸のことは、准一同様に大事にしてくれたが、子供の鋭い感性で、准一とは違った意味での特別扱いを受けていると感じることがあった。それは蔑みではなく、憐憫の情ではあったが、そういう眼差しを感じた時には、隆幸は居心地の悪い思いをした。

　そういう時は、隆幸は書庫にこもって、早苗のお下がりの児童文庫を読みふけった。他人の本と混同しないように、裏表紙に、「早苗蔵書」という朱の印が押してある本だ。祖父や伯父の本は高価なものだったろうが、子供たちが書庫に入ってそれらに触れることを禁じられたりはしなかった。子供のうちから本に馴染ませようという意図があったのだろう。その代わり、本の扱い方は厳しく躾けられた。

准一はそういう決まりを守ってまで、本に親しもうとはしなかったから、高窓から薄日の差し込む書庫は、隆幸にとって秘密の花園だった。二階の東の端にある書庫で床に座り込み、窓の外の青桐《あおぎり》の葉ずれの音を聞きながら本を読んでいて、眠り込んでしまったことも度々ある。

「隆ちゃん、見ーつけた」

早苗が書架の向こうから、そう言ってくすくす笑いをするのだった。

准一からの依頼があってからひと月後、隆幸は賃貸しのマンションを引き払ってこの家に移って来た。五十の声を聞くまで独身を通した隆幸は、身軽だった。一階の「客間」と呼ばれていた一室に荷を解くと、ひととおり家の中を見て回った。庭こそ荒れ放題だったが、几帳面な伯母が八か月前まで生活していた家の中は、きちんと片付いていた。一階には客間の他に、祖父母が使っていた八畳の和室。それに続く祖父の書斎。早苗と多美の部屋が一つずつ。応接間と居間。二階には、納戸と子供部屋が二つ。伯父の書斎と一緒になった伯父夫婦の寝室。

老朽化した床板は、時折、ギィギィと鳴った。それぞれの部屋は、昔のままのたたずまいだった。足腰は丈夫だった伯母は、年をとっても二階の部屋を使っていたらしく、その部屋だけには生活の匂いがした。簞笥の中には衣類が納まっていたし、ベッドサイドの小机の引き出しには、病院名が印刷された薬袋が入っていた。大事なものや思い出深いものは、もう准一夫婦が持ち出していたので、それらのものは処分して欲しいと言われていた。隆幸自身も親の死を経験していたから、捨てがたいと言って何もかも取っておいたのでは収拾がつかなくなるとわかっていた。さっぱりした性格だった伯母もそれを望んでいるはずだ。伯母も、夫や早苗のものなど、残った者が戸惑うようなものは、すべて整理してから逝ったと聞いている。

寝室の隅の、伯父が使っていたどっしりとした机の前の椅子に腰を下ろした。スプリングが傷んでいるらしく、座り心地は悪かった。正面の窓からは、枯れた雑草だらけの庭が見下ろせた。四十年前は、そこはきれいに手入れされた芝生だった。家の中のことは何でもこまめにこなす多美だったが、芝生の草取りだけは苦手で、よくぶつぶつ文句を言っていた。

椅子の背もたれに体重を預けながら、机の横にある書庫への扉を、隆幸はじっと見つめた。書庫にはこのドアと、廊下から直接入れるドアと、二つの入り口があった。准一からの依頼は、主にこの書庫の中の書籍の整理にあった。家財道具はもう古びているし、めぼしいものは残っていないのはわかっている。伯母の遺品にももう価値のあるものはない。だが、やっかいなのは書庫の中の夥しい数の蔵書である。「本には、君の方がよく親しんでいるから」と、准一は書き送ってきた。「祖父や父の遺品として、僕が持っているべきだと君が判断したものは、こちらに送って欲しい。ただし、収納スペースに限りがあるから、あまりたくさんは引き取れない。その他のものは、地元の図書館に寄付するなり、古本屋に売るなり、好きにしてくれ」と。日本の商社員としてイギリスに渡り、夫婦ともどもすっかりそこが気に入ってしまい、商社を辞めてイギリスの企業に職を見つけた准一は、もうすっかり日本にも、自分の生家にも見切りをつけたようだ。

　准一の意向はよくよくわかっているのに、隆幸はいまだに書庫の中に足を踏み入れられないでいる。子供の頃、あれほど頻繁に出入りしていた馴染みの場所だというのに。

　ガスが使えるようになったので、隆幸は久し振りにまともな料理を作ることにした。自炊同様、買い物も苦にならない。ファンヒーターを消して、コートとマフラーを身につけると家を出た。歩いて十分ほどのところにスーパーマーケットがあるのは確かめてある。ついでに少しばかり近所を散策してみることにした。足のむくままに住宅街の中をぶらぶらと歩いた。この町と伯父の家から、足が遠のいて何十年もたつのだ。辺りはすっかり変わってしまっている。だが時折、目印のように神社や郵便局や倉庫が、昔のままの姿で現れる。それらと、あやふやになってしまった記憶とをつなぎ合わせて歩を進める。

当てもなく歩き始めたはずなのに、いつしか確たる目標があるのを意識し始めた。しゃれたデザインの校舎になった小学校の前を過ぎ、小さな石の橋を渡って、その場所を見つけた。よく買いに走らされていた豆腐屋がまだあったから、間違いはない。その隣は、十階建てのマンションになっていた。隆幸は、茫然とそこに佇んだ。

由香里の家――。

ここも立派な門構えの家だった。伯父の家とは対照的に純和風の家屋で、庭には錦鯉の泳ぐ池があった。けれども今は、跡形もない。ここにいた一家は、いったいどこに行ってしまったのだろう。この町の住人でなかった隆幸には、尋ねる相手もいない。来るんじゃなかった――。隆幸は踵を返した。足早に、来た道を引き返す。石の橋を渡る時、ふと川に目がいった。子供の頃は、道自体がもっと低く、この川へ下りるのも容易だった。今は無粋なコンクリートの側壁に囲まれているが、あの頃は石垣や土の堤で、その上に灌木や草花が繁茂していた。川で小魚もすくえた。

赤いものが流れてきて、はっとした。

赤い糸――？

いや、そうではない。どこかの庭木からこぼれた、山茶花《さざんか》の赤い花びらが、三、四枚ほど連なって流れてくるのだ。手のひらをぬるりと嫌な汗が濡らす。隆幸は川から目を逸らすと、急いで橋を渡った。


「隆ちゃん、きっと来て」

「関戸《せきど》の駅の前のポストのところ」

「汽車の時間もちゃんと調べてあるから」

「きっと来てよ。待ってるから」

何人もの由香里が、隆幸に語りかけてくる。吐息がかかるほど近くで、切羽詰ったあの時のもの言いのままだ。

隆幸は、はっと目を覚ました。部屋の中は冷え冷えとしている。朝の光はまだ弱い。おぼろげに部屋の調度類が見えた時、一瞬、自分が伯父の家に預けられた子供で、今、心細い朝を迎えたのだと思った。ベッドの上で、がばっと身を起こすと、

「何時だったっけ？　約束の時間は？」

と、声に出して言った。そしてすぐさま、取り戻せない四十年を生きてしまった中年男の自分に気がついた。

あの時、約束の時間、約束の場所へ行けていたら、人生は変わっていただろうか。

十一から十二の年にかけて、ぐんと背が伸び、丸みを帯びた少女らしい体型に変わっ

た由香里とその後、どんな付き合いが続いただろう。多分、誰もが経験した淡い思い出となって心の中の引き出しにしまいこまれ、いつの間にか、お互いの人生から退場していったに違いない。そして今や、思い出すこともなく、別々の土地で暮らしていただろう。世の中には、掃いて捨てるほどある幼馴染みとの思い出だ。そうなっていたら、どんなによかったか。

あんな衝撃的な別れさえなかったら——。

隆幸は別の女性と、自然な成り行きとしてたいして深く考えることもなく結婚をしていたかもしれない。実際、何人かの女性との結婚を考えた。しばらくの間、一緒に暮らした相手もいた。けれども、どうしても人並みに結婚して子をなすこと、安定した家庭生活を営むことが出来なかった。罪悪感ではない。そういう生活をしている自分が想像出来なかった。由香里の途切れてしまった人生と比較してしまうのだった。

由香里のことだけが原因であるとは、言い切れないだろう。今日に至るまで何度となく自分に言い聞かせてきたことを、またひと通り思わずにはいられなかった。あの後、母は過労のため体を壊して、しばらく病んだ後に亡くなった。父と、母の実家である平川家との関係は悪化した。父は知人のつてを頼って別の土地へ移り、そこで同様の縫製工場を経営した。そこでは、嘘のように事業がうまくいった。父は再婚し、工場を拡張した。景気はよく、注文は次々と舞い込んできたが、新しい母は、実の母のように工場でミシンを踏む必要はなかった。家を新築して、裕福な生活がしばらくは続いた。工場長の大久保が、会社の金を持ち逃げするまでは。

　工場を隆幸に継がせることを夢見ていた父は、失意のうちに亡くなった。だが工場を押し付けられなくてよかったと、隆幸は今は思っている。中国や東南アジアで作られた安い製品が、雪崩《なだれ》のように入ってくる今の状況では、どのみち自分が会社を倒産させていただろうから。残るのは、背負わなければならない負債のみだ。

　隆幸は、のろのろとベッドから下りてガウンを羽織った。素足にスリッパを突っ掛けて廊下に出ると、階段を上がっていった。窓の外で、冬鳥が鋭く一声鳴いた。

　長い廊下の先にある、書庫の扉の前に立つ。鈍く曇った色のドアノブを長い間見つめた挙げ句、それに手をかけた。この家でどれだけぐずぐず暮らしていても、結局はここにある自分の過去と向き合わなければならないのだ。それならば、早い方がいい。ドアを引くと、ふわりと温かな空気が流れ出してきた。それに包まれたいと強く望むように、隆幸は足を一歩踏み入れた。これこそが、かつての書庫への入り方だった。積み重ねられた重々しい紙類は、昼間に暖められた空気を取り込み、天然の断熱材の役割を果たしているのだ。その優しい温度の空気と、もの言わぬ賢者である本たちが、隆幸を迎え入れた。この幸福感を何度あの頃味わい、そしてそれを何年間忘れていたのか。

一種の高揚感を抱えながら、隆幸は書庫の中を歩き回った。高窓から朝の光が少しずつ差し込んできて、本の背表紙を浮かび上がらせた。祖父の学術書、伯父が集めた資料、伯父が著した著書。これらを引き取ってくれるよう、県や市や、大学に働きかけたら、学芸員や司書たちが下調べにやって来るだろうか。この空間にたくさんの人間がどかどかと入ってくるのは耐えられない。

　重厚な背表紙とはうって変わって、明るい色の本が並んでいる一角が目に入った。早苗の児童文庫が占める棚だ。子供でも手が届くよう、低い位置にある。

　隆幸は初めて本を一冊抜き取って、パラパラと開いてみた。少女らしい挿絵がところどころに挿入されている。ページは黄ばんで、紙はざらざらとした手触りだ。めくる度に過去からの風を、隆幸の顔にふわりと吹きつけてくる。鮮やかな朱で押されていた「早苗蔵書」の印は、今や茶色にくすんでしまっている。その印を隆幸はそっと指でなぞってみた。こんなふうに本を所有できる早苗がうらやましかった。こうして書庫に本を買い貯めていける平川家の経済力と、知的好奇心を追求していける環境がうらやましかった。いつでも好きな時にここへ出入りできるくせに、見向きもしない准一を妬んでいた。今ようやくそれがわかった。多美が准一のことを「坊ちゃん」と呼ぶ時、祖母が隆幸の生活ぶりを根掘り葉掘り尋ねて、「かわいそうに」と頭をなでてくれる時、祖父が小遣いを過分にくれる時、隆幸が感じていた居心地の悪さの形がやっとわかった。自分は父同様、卑屈になっていたのだ。母が亡くなって、遠くへ引っ越してからも、平川家の人々は隆幸のことを気遣ってくれたし、父もここへ来ることを禁じはしなかった。なのに、二度とここへ足を向けることはなかった。伯母が晩年、寂しく不自由な一人暮らしを続けていると知った時でさえ。

子供向けの図鑑や、百科事典、伯父が准一や隆幸のために買ってくれた科学や生物に関する本もきちんと整理されて並べられている。それらの棚を目で追って、時には手に取ったりしていた隆幸は、棚の隅っこに立てられた数冊の本に目をとめた。開いた本をゆっくりと棚に戻すと、ごくりと唾を飲み込んだ。

それは、仕掛け絵本だった。隆幸と由香里は、「とびだす絵本」と呼んでいた。開くと、立体的に工作された絵が飛び出してくる仕掛けになっている。これも早苗のもので、イギリスの作家が作ったものを日本語訳した高価なものだった。早苗は子供の頃、これに凝り、お誕生日ごとに一冊ずつ買い与えられたのだという。この書庫に出入りし始めた由香里のお気に入りもこれだった。早苗は、自分の妹のように由香里をかわいがっていたし、由香里もなついていた。

「准ちゃんは乱暴だから、この本を読ませたくないのよ。由香里ちゃんなら安心だわ。いくらでも読みなさいね」

早苗はそう言って、時には読み聞かせをしてくれた。活発で運動もよく出来た由香里に、心臓が悪かった早苗は、自分が送ることの出来なかった幸福な子供時代を重ね合わせていたのかもしれない。

隆幸は、じっと本棚に並んだ仕掛け絵本を見ていた。動悸が激しくなってくるのがわかる。朝の光で溢れた書庫はすっかり明るくなったのに、急に寒さを感じた。ガウンの前を、震える手で掻きあわせて、隆幸は書庫を出た。

由香里は、准一の同級生だったから、やはり隆幸よりは一つ上になる。平川の家の近所に住んでいて、家どうしの付き合いもあり、気がついた時には、隆幸もまじえてよく遊んでいた。家の事情で、隆幸がこの家に預けられるようになってからは、ますます親密になった。

女の子の方が成長が早いのか、学年が上がる度に由香里の背はどんどん伸びていって、准一よりも何センチかは高かったように思う。背の高さだけではない。しっかりしていて頭の回転の速い由香里は、三人の中で主導権を握っていた。今思うと、なぜ由香里は女の子どうしで遊ばず、准一や隆幸とばかり遊んでいたのか不思議だ。それは由香里が、ままごとや人形遊びなどの女の子らしい遊びを好まなかったこと、平川家のたくさんの本と早苗の存在が大きかったと思う。

けれど一番の理由は、由香里には母親がいなかったことだったのではないか。彼女の母親は、由香里と弟の秀哉《ひでや》を置いて家を出たのだ。それはちょうど隆幸が休みの度に、平川家に滞在しだす頃と同時期だったように記憶している。大人の事情は子供の耳に届くことはなかったが、どうやらあの立派な家にも家柄にも馴染めなくて、追い出されるように離婚させられて出ていったようだ。

　女友達との間ではそのことが何か差し障りになったのか、逆に気を遣われるのがさっぱりした気性の由香里には嫌だったのか、とにかく由香里は女の子と遊ぶことをあまりしなかった。年下の隆幸が、由香里の家の事情を聞いたのは、かなり後になってからだ。けれども、ふっと寂しそうな表情をする由香里の顔をよく憶えている。お互いの身の上が似ているのを本能的に感じとったのかもしれないが、由香里は同級生の准一よりも、おとなしくて本好きの隆幸とよく遊んだ。准一はというと、広い庭や近所の路地や小川で男の友達と遊んではいても、家にいる隆幸と由香里の様子が気になるのか、時折覗きに来たりしていた。

「准ちゃん、そんな泥だらけで書庫へ入ってはだめよ」

という早苗の声で本から顔を上げると、准一が書庫の扉のところに立って、こちらを見ているということが時々あった。

「お前は女が好きなんだな。由香里とばっかり遊んでいるもんな」

由香里のいないところで、准一はそう隆幸に言うことがあった。由香里の前でそういうことを言うと、すぐさま由香里にやり込められるのを知っているのだ。

「そんなことないよ」

隆幸は弱々しくそう答えるしかなかった。

「そんなら准ちゃんも一緒に遊んだらいいじゃないか」

そう付け加えられるようになったのは、高学年になってからだ。

「ふん」と准一は鼻で笑った。

「遊んでやってもいいけど、お前たちの遊びはつまらないもんな」

隆幸はともかくも、由香里は外遊びも得意だった。木登りや川遊びもするし、足も速かった。運動会が近づくと、広い芝生の上で三人でかけっこの練習をした。由香里が一番速かった。准一のふくれっ面を見ると、隆幸は密かに胸のすく思いがした。

准一がへそを曲げて外へ出て行ってしまうと、由香里と隆幸はきれいに手を洗って、また書庫へ上がった。その頃、書庫には小さな書き物机があった。その上に、由香里は仕掛け絵本を持ってきて、そっと広げた。羊の群れや、ヨーロッパの街並みや、宮殿の広間の中が、魔法のように本から飛び出してきた。それらを二人は飽かずに眺めた。由香里のお気に入りは、「雪の城のお姫さま」という仕掛け絵本で、本の中ほどで立派なお城が立ち上がってくる様をうっとりと、長い間見つめていた。そのお城には、上部がアーチ型になった窓がいくつも付いていて、それぞれの窓を覗き込むと、部屋の中の様子が別々にこしらえられているという手の込んだものだった。

料理人が料理をしている厨房や、騎士たちの控え室、舞踏会の広間、鐘がぶら下がったてっぺんの塔などを見ることが出来た。由香里は、王妃の間を覗くのが好きだった。窓に向かって座っている王妃の顔が、お母さんの顔に似ているのだという。由香里の口から「お母さん」という言葉が出るのは、その絵本を見ている時だけだった。

「こんなお城でお母さんと暮らせたらいいのに」

日頃、しっかりしているような由香里だが、心を許した隆幸の前ではそう言った。絵本のストーリーでも、その王妃は遠くの国から帰ってくるはずの姫を待っているところだった。

「どんなに寒いところでもいいわ。お母さんと一緒なら」

その城は雪深いところにあるので、屋根の上にも庭にも雪が積もっているのだ。

由香里は母が恋しいのだ。隆幸はそう思った。あんな大きな家で、お祖父《じい》さんやお祖母《ばあ》さんやお父さんと住んでいるのに、やっぱりお母さんと暮らしたいのだ。びっくりすると同時に、すぐさま当たり前じゃないか、と思った。誰だってお母さんのそばにいたいに決まっている。他の縫製工が帰った後も、まだ工場で一人ミシンを踏む母の姿が目に浮かんだ。

「あたしのお母さんはね、新潟にいるの」

由香里は隆幸にそう囁いた。

「新潟？」

由香里は母親の居場所を知っているのだ。

「そう。新潟。とてもたくさん雪が降るのよ。このお城みたいに」

賢い由香里のことだ。きっと家で母親のことを口にすると、父や祖父母が困惑するか、機嫌が悪くなるかすることを知っているのだ。だからここでしか、母親のことが話せないのだ。子供心にも隆幸はそう理解した。

うっかり遅くまで平川の家にいると、由香里の祖母が背中に弟の秀哉をくりつけて迎えに来た。由香里は寂しそうな顔をさっと引っ込めると、祖母と手をつないで帰っていった。


平川家の菩提寺は同じ町内にあった。准一に頼まれたわけではないが、隆幸は墓参りに行った。参る人もなく、荒れているのではないかと思ったが、きれいに掃除されて、青々としたシキビも立ててあった。寺か、遠縁の者にでも特別に管理を依頼しているのかもしれない。イギリスに永住するようになったら、准一はこの墓をどうするつもりなのだろう。結婚もせず、子供もない隆幸が心配するのはおかしなことだとは思ったが、そう思わずにはいられない。

線香を手向けて手を合わせる。

墓碑銘には、早苗、祖父母、伯父、伯母の名前が刻まれている。早苗が亡くなった時には、母に連れられて葬式に出た。棺の中に納まった美しい早苗の遺骸を見て、死とはいったいどのようなものなのだろう、と考えた。体が弱くとも、あれほど真摯に生きていた早苗が持っていかれた先とは、どんなところなのだろうか。あの時、泣いた憶えはない。ただ、生命というものの不思議と、早苗に降りかかった理不尽な運命を思った。その後、母を初めとして、怒濤のごとく押し寄せてきた身内の死に、しだいにその感覚も鈍ってきたのだった。

由香里の家の墓も、もしかしたらこの寺にあるのではないかと思い、墓地の中を歩き回って捜したが、記憶していた由香里の名字を冠した墓はなかった。境内を通りかかった住職を呼び止めて尋ねてみたが、心当たりはないと言う。若い住職だった。この年齢では四十年前のあの事件のことを聞いても無駄だろう。あの時、消えてしまった十二歳の女の子のことも……。

墓参の帰り道、また由香里の家があった場所の前を通った。石の橋を渡る時、足を止めて欄干に肘をのせ、下の川を見下ろした。あれは隆幸が五年生に上がる前の春休みのことだった。

どういういきさつだったのかは忘れたが、珍しく三人で川の中に入り、網で魚を捕まえるという遊びをしていた。最初は川のほとりで、小さなポリバケツを持って二人の男の子を見下ろしていた由香里だったが、生来の勝ち気さが頭をもたげてきたのか、靴を脱ぎ捨てると、バシャバシャと川の中に入ってきた。そして、隆幸の手から、網を取り上げると、藻のかげに逃げ込んだ鮒を見つけようとかがみ込んだ。汗ばむような陽気の春の日だった。川の水はぬるみ、明るく光り輝いていた。

「こっちから追うからな。しっかり網を構えとけよ」

川上の方から、准一が両の足で藻をさぐりながら下りてきた。

「いいよ」

由香里はますます腰を低くして、流れの中に網を沈めた。水量も今よりはずっと多く、由香里の腰から下は水に浸かったが、由香里は気にする様子もない。はいていた花柄のギャザースカートがふわりと水の上に広がった。手持ち無沙汰になった隆幸は、そんな由香里をぼんやりと見下ろして、川の中に立っていた。

その時だった。スカートの中から、一本の細い赤い糸が流れ出してきた。それは途切れることなく、長い長い筋となって川を流れていった。隆幸は意味もわからず、それから目が離せなくなった。

「あっ」

と声を出したのは准一だった。魚を追って由香里のすぐ近くまで来ていたのだ。かがんだ由香里の背後に続く、赤い糸を准一もやはり目にしたのだ。

「えっ？」というふうに振り返った由香里も、ほんのちょっとの間は、それを目で追っていたように思う。それからすぐに川の中から立ち上がった。由香里の手から離れた網の中から、難を逃れた鮒がスィーッと流れ出た。危うく流れていきそうになった網を、隆幸は足で押さえた。

「帰る」

それだけ言うと、由香里は川から上がった。そして脱いだ靴を手に取ると、裸足のまま家の方へ駆け出した。由香里の通った後に、水の滴がぽたぽたと続いていた。

はからずも、一人の少女が初潮を迎えた場面に、准一と隆幸は立ち会ってしまったのだ。隆幸が、それぞれの本当の意味を知るまでにはもう少し時間を要した。が、その出来事は、三人の間にあった小さなバランスを崩してしまった。

六年生になった准一は、それまで男の子とばかり遊び、由香里のことなどに興味を示さなかったのに、妙に女の子として意識し始めた。その頃、隆幸の父の縫製工場は、新しい得意先からの注文が入り、猛烈に忙しくなっていた。そのせいでその年の春から夏にかけては、隆幸はよく平川の家に預けられた。だから、准一の変化はよくわかった。准一はいつものように頻繁に外に遊びに行きはしなかった。つかず離れず、由香里と隆幸の周りをうろつき、意味もなく話しかけたりしていた。そうかと思うと、

二、三人の男の子を家に呼んできては、遠く離れたところでにやにや笑いながら、何やら囁き交わしていたりする。隆幸は、もしかしたら准一があの赤い糸のことを、友人たちにしゃべってしまったのではないかと疑った。もうその頃には、隆幸もその意味を理解していた。隆幸が抱いた感情は、准一とは微妙に違っていた。隆幸は、身の内から血を流す女の子というものを恐れた。この間まで自分と何の変わりもない子供だと思っていた由香里が、まったく違う生き物だと知ったのだ。けれどもそれは、隆幸の心の内々の変化であって、准一のようにあからさまに態度に表したりはしなかった。

　当然のことながら、由香里は准一を遠ざけるようになった。その反動で、ますます由香里は隆幸と過ごす時間が長くなった。

「お前は女が好きなんだな」

以前とは別の意味を込めて放たれる准一の言葉が、隆幸の胸に突き刺さった。

また、由香里にも変化が現れていた。

由香里は、今まで以上に母への思慕の念を募らせていた。こうして自分が母と同じ女になっていくのを強く感じ、どうしてもこの心と体の成長を母に支えてもらいたいと思ったのかもしれない。

　彼女は、書庫の書き物机の上に広げた「雪の城のお姫さま」のお城をよくぼんやりと眺めていた。書き物机の上に両肘を重ね、その上に顎をのせた由香里の横顔は、うっとりするほどきれいだった。自分を見ている隆幸の視線を感じたのか、由香里がふっとこちらを向く。隆幸はどぎまぎしてうつむいた。

「新潟までは汽車に乗って行けるんだよ。乗り換える駅もわかってる。新潟に着いたらバスに乗るの。駅前から」

「由香里ちゃん、お母さんのところに行くの？」

驚いて隆幸は尋ねた。由香里はまたお城に目を移した。何も答えない。母親に似た王妃様を見ているのだ。

「誰と？　お父さんと？」

由香里はかすかに首を振ったが、やはり何も答えなかった。

「女とばっかり部屋に閉じこもって何してんのかなあ」

「エッチしてんだよなあ」

「隆幸、エッチ」

「エッチ、エッチ」

夏休みに入って平川家に来てすぐ、隆幸は准一とその友達とに取り囲まれて、囃したてられた。いつも助け舟を出してくれる早苗は、心臓の具合が悪くて入院していた。

そんな悪童どもの挑発にのるほど、隆幸ももう子供ではなかった。由香里もその夏は、あまり平川の家に来なくなっていた。早苗がいなかったせいかもしれないし、准一たちの子供っぽい囃したてに辟易《へきえき》したせいかもしれなかった。どちらにしても、隆幸は何もかも受け入れるしかなかったのだ。

あの最後の夏のことを誰とも語り合ったことはなかった。この家で長い間一人暮らしをしていた伯母のところへ来てあの時のことを話したら、自分は救われただろうか。そうは思えない。けれど、准一がこの家を捨て去ろうとしている今、家の歴史の最後の灯をともし続けていた伯母と、言葉を交わしておくべきだったと思えてならない。失われた少女はもう二度と戻って来ないけれど――。

准一と由香里にとって小学校最後の夏休みは、いつになく静かに過ぎた。雨の多い夏だったように思う。東北あたりでは、冷夏の予測が出ていた。

盆過ぎに早苗が退院してきた。詳しい病状を尋ねたことはないが、外科手術では治らない類いの心臓病であったようだ。床に伏せる早苗は、今まで見慣れた早苗とは違うような気がして近寄りがたかった。早苗の部屋の前をうろうろしていると、多美が中から出てきて、露骨に嫌な顔をした。

ある日、由香里がお見舞いにやって来た。隆幸は、開け放たれたドアの後ろに立って、そんな二人を見ていた。由香里は、庭から切ってきた桔梗《ききょう》や松虫草《まつむしそう》、花式部《はなしきぶ》などの草花を花瓶に挿して、早苗のベッドサイドテーブルに置いた。

「ごめんなさい。紫色の花ばっかり。寂しい色ね」

「いいの。紫は大好きよ。ありがとう」

早苗ばかりでなく、由香里まで遠い存在に思えた。二人して、うんと大人の女になってしまったような気がしたのだ。内から血を流す二人の女——。

「サナちゃん——」

由香里は早苗の手を取った。くるりと首を回してこちらを向いた早苗の顔色は、透き通るほど白く、唇の色は悪かった。

「サナちゃん、死なないで——」

どうしてそんなことが言えるのか。血のつながりのある自分でさえ、とてもそんな不吉なことは口に出来ない。口にすれば、それが本当になるような気がしたから。ドアのそばで隆幸は身を固くした。

「約束は出来ないわ」

早苗は手を伸ばして由香里の髪に触れた。

「誰にもわからないの。自分がいつまで生きられるか」

早苗の白い指が由香里の髪から下りてきて、頬の線をなぞった。

「お母さんに会いたいのね？」

由香里は何も答えない。もしかしたら、泣いていたのかもしれない。

しばらくして早苗の部屋から出てきた由香里は、黙って書庫へ上がっていった。早苗は静かに目を閉じている。すぐに多美がやって来てドアを閉じ、隆幸を追い払った。

由香里は、書庫の中で書き物机に向かっていた。いつものように、紙で出来た雪の城が立ち上がっていた。隆幸は、おずおずと由香里の背後に近づいた。

「しっ！」

振り返りもせずに由香里が言った。

「聞こえたでしょ？」

「えっ？　何が？」

隆幸は、うろたえて答えた。耳を澄ます。何も聞こえない。庭で多美を呼ぶ伯母の声が聞こえたきりだ。

「呼んでるの」

由香里が何のことを言っているのかわからず、隆幸は押し黙った。

「ほら、また――」

由香里は、紙の城に耳を寄せた。王妃の間の窓へ。

「お母さんが呼んでる」

それだけ言うと、由香里は椅子を蹴立てて立ち上がり、隆幸の脇をすり抜けて駆けていった。紙の城は机の上に残された。

早苗の病状は、かんばしくなかった。

一日おきに町内の開業医が往診に来た。診察が終わりに近づくと、多美がお湯を満たした洗面器を抱えて、しずしずと早苗の部屋に入って行くのを隆幸は何度も見た。

家中が沈んでいた。由香里も来なかった。何かの終わりが近づいている予感がした。

それでも夏休みがあと数日という頃には、早苗は起き上がって部屋の中を歩き回れるようになった。隆幸が、平川の家を離れる支度をしているのを覗きに来たりもした。珍しく、准一も隆幸が行ってしまうのが名残惜しそうに見えた。隆幸が去ると、由香里ともっと疎遠になってしまうと考えたのかもしれない。准一が由香里のことを好いているのは、明白だった。もし早苗がいつものように元気だったら、一度や二度は、准一のことをからかったかもしれない。

庭の木々では、盛んにツクツクボウシが鳴いていた。その下をくぐって、由香里が家に向かって歩いてくるのを、書庫の窓から隆幸は見た。芝生の上でボールを蹴っていた准一が、何やら話しかけている。由香里はそれに一言、二言答えると、またこちらに向かって歩いて来た。隆幸はそわそわと、読んでいた本を閉じた。遠目にも、由香里の様子が違って見えたのだ。

「隆ちゃん」

書庫に入ってくるなり、由香里は言った。両脇に垂らしたこぶしをぐっと握りしめている。

「明日、一緒に新潟に行って」

「えっ？」

「お母さんに会いに行くの。汽車に乗って」

「どうして？」

ばかげた質問だ。由香里がどんなに母親に会いたがっていたか、自分が一番知っているはずなのに。

「ちょっとだけ会ったら、すぐに帰ってくるから。午前中の汽車に乗ったら、その日のうちには新潟に着けるわ。一晩なら、お母さんのところに泊めてもらえる。きっと翌日には帰ってくるから。ねっ？」

由香里はまくしたてた。考える暇を与えまいとしているようだ。

「でも、お金は？　汽車に乗るなら——」

「お金はあるわ。隆ちゃんの分も。あたし、長い間、お小遣いを貯めていたの。汽車の時間もちゃんと調べてあるから。明日、九時に関戸の駅の前のポストのところで待ってる」

隆幸は何も答えられなかった。心臓の音だけが、ひどくやかましく胸の奥で鳴り続け、ツクツクボウシの声を圧倒した。

由香里は、隆幸のそばに近づいてくると、ぐっと顔を寄せた。

「隆ちゃん、きっと来て。待ってるから」

女の子の甘酸っぱい体臭と、馴染みのない石鹸の匂いがした。由香里は、ぱっと離れると、もう一度確かめるように隆幸を見てから、書庫を出て行った。逆光の中に由香里のスカートが翻るのが見えた。


なぜあの時に、嫌だと言わなかったのだろうか。そんな遠くへ子供二人で行けるはずがないと。

ペンキの剝げ落ちた蔓棚の下の、やはり朽ちかけたベンチに腰掛けて隆幸は思った。弱々しい冬日の下で、落ち葉がくるくると踊っている。この棚に隆々とした幹で巻きついていた藤は今はなく、大きな二つの株だけが両脇に残っている。これが枯れたのは、いつのことだろう。あれからもこの家の歴史は続いていたのだ。それがとても不思議なことに思える。あの事件の後、隆幸は自分の中で、この家の前に幕を下ろしてしまった。そして背を向けた。

あの晩、隆幸は眠れなかった。ようやく眠りについたのは、夜明け前だった。けれども、なぜか心の中では由香里と新潟に行くことは、はっきりと決めていた。

「隆ちゃん、今日は伯母さんと准一とあなたと、三人で藤村《ふじむら》へ行くからね。支度しといてね。八時半には家を出ますから」

朝食の席で伯母はそう言った。

「えっ？」

藤村とは、伯母の実家である。近郊の大きな農家で、夏の間に一度は、准一と隆幸とはそこへ連れていかれるのが常だった。が、その夏は早苗の入院などがあって、一度もそういう話は出なかった。藤村には、犬や山羊や鶏や兎など、たくさんの動物がいたし、家の周りにはさまざまな果樹が植えてあった。近くには、水泳に最適な川もあって、毎年隆幸はそこへ行くのを楽しみにしていた。

「でも伯母さん、昨日はそんなこと言ってなかったでしょ」

「急に決まったのよ。伯母さんのお母さんから夕べ電話があって――」

隆幸は、准一の方をちらりと見た。准一はさっと視線を逸らせた。が、かすかに持ち上がった口の端が形づくる意地の悪い笑いは消せなかった。

聞かれたのだ、と思った。昨日の由香里と自分の会話を。准一は味噌汁の椀で顔を隠した。

いつもはそんなことはないのに、隆幸がよそ行きに着替えるのを、多美がずっと手伝った。時計の針が、気が狂ったように早く回っていた。隆幸の頭の中は真っ白になった。

「気分が悪い」

とうとう多美に訴えた。何か言い含められているらしい多美が近寄ってきた。

「お腹が痛くて吐きそうだ」

隆幸は、よそ行きのままベッドに倒れ込んだ。多美は隆幸の額に手を当てた。

「熱はありませんね」

「だから、お腹が痛いんだってば」

玄関の方から、伯母が多美をせかす声がした。車が来たと言っている。多美が出て行って、伯母に何かを告げている。隆幸は祈った。

「隆ちゃん、具合が悪いなら——」

入って来た伯母は言った。隆幸は、安堵の息を吐いた。

「具合が悪いなら、藤村の家で寝てればいいからね」

准一は、何と言って伯母に藤村行きを決意させたのだろう。由香里と隆幸の計画をそのまま告げたとは思われない。そうなら、伯母はこんな回りくどいことをせずに、親しくしている由香里の家へ行って、その計画をやめさせただろうから。准一が何らかの奸計《かんけい》をめぐらせたに違いない。車に押し込められながら、隆幸は准一を呪った。

准一は涼しい顔をして外を見ていた。

　あの日の朝、狂ったように動いていた時計の針は、由香里の運命をも突き動かしていたのだ。

「あの時、なぜ僕を藤村へ連れて行ったの？」

　そんなことを晩年の伯母に問いかけたところで何になるだろう。やはりこれでよかったのだ。誰もが黙したまま、静かにこの家を死なせてやることが。

　あの日のことは正直、よく憶えていない。

　藤村の家で臥せっていたのか、准一を問い詰めたのか、泣いていたのか、怒っていたのか、まるで記憶がないのだ。長い一日が暮れようとしている頃、平川の家に帰って来て、大騒ぎになっているのを知った。由香里の姿が朝から見えないという。

　由香里の行き先として一番に思い浮かぶ平川の家では子供たちが留守にしていたため、家族は別の心当たりを訪ね歩いていた。隆幸たちが家に帰り着いた時には、もう警察に捜索願いを出していて、学校関係者や消防まで出動して、大捜索が行われていた。

　隆幸は蒼白になった。由香里は隆幸が来なくても、一人で新潟へ行ったのだと思った。息をするのが苦しいほど動転した。この数か月で自分よりずっとずっと大人になってしまった由香里が、一人ででも計画を実行すると、なぜ考えなかったのか。ポストの前で隆幸を待ちあぐねた挙げ句、とぼとぼ帰ってくるとどうして思ってしまったのか。あんなに母親に会いたがっていたのに。

准一が口を割るより先に、隆幸は泣きながら真実を告げた。それを聞いた伯父は、大急ぎで由香里の家に向けて飛び出して行った。夜の闇の中に浮かび上がった警察車輛の真っ赤な回転灯が禍々しいものに思えて、隆幸は泣き続けた。

すぐさま新潟に住む母親のところへ問い合わせがいったが、由香里は到着していなかった。と、するとその道のりのどこかで迷ってしまったのだ。それから数日間、事件や事故に巻き込まれたことも視野に入れて捜索が続けられたが、由香里を発見することは出来なかった。由香里は忽然とこの世から姿を消してしまったのだ。

二日目の夜、隆幸の父が平川の家にやって来た。こんな時でも母親はミシンから離れられず、何とか都合をつけた父親だけが来たのだ。

「隆幸がこんな大それたことをしでかして、皆さんにご迷惑をおかけして……」

父は、奥へ通れという平川の家族の言葉を辞して、玄関で頭を下げ続けた。

「これまでも、どんなにかご面倒をおかけしていますのに……」

急を聞いて駆けつけてきた父のくたくたのズボンに、ミシン油がてんてんと染みを作っていた。父は、ひどくみすぼらしく見えた。

ようやく応接間にまで上がって来た父は、まだソファに腰を下ろそうとはしなかった。伯父が落ち着いた口調で、隆幸はただ誘いを断っただけで、何も責めを負うことはないのだと説いていた。

「いえいえ、誘われた時に大人に話しておれば、こんなことには。うちの息子が悪いのです。今から先方さんにお断りを……」

その必要はないと伯父が言いかけた時、父はいきなり隆幸の頬を打った。一番端のソファに腰掛けていた早苗が、短い叫び声を上げた。隆幸はその場にひっくり返った。何が起きたのか、一瞬理解できなかった。仕事にばかりかかりきりだった父は、隆幸にかまう暇もなく、よってぶたれたことなど一度もなかったのだ。早苗が駆け寄ってきて、隆幸を抱き起こそうとした時、自分の胸を押さえてしゃがみ込んでしまった。今度は祖母が、何やらかん高い声を出した。祖母と伯母に両側を支えられながら、早苗は、大丈夫、大丈夫というように片手をゆらゆらと振った。

「隆幸、ちょっと上に行っていなさい。お父さんとちょっと話があるから」

伯父にそう言われて、隆幸は応接間を出た。早苗も部屋へ連れて行かれ、応接間には、祖父と伯父と父だけが残った。准一は、もとから自室にこもっていた。由香里の行き先を知っていたことに関しては、准一も同罪だと思ったが、もはや、そんなことを言い募る力は隆幸には残っていなかった。

書庫の電気を点けて、のろのろとその中に入った。その時になって頬がじんじんと痛んだ。階下からは、男たちの話す、低い声が聞こえていた。隆幸は、きっちりとドアを閉めた。声は遮断された。古い蛍光灯のジーッという音だけがした。

いったい由香里はどこへ行ってしまったのだろう。隆幸は、由香里が好きだった「雪の城のお姫さま」の仕掛け絵本を棚から抜いた。いつも由香里がしていたように、書き物机の上にその本を置いて、一ページずつめくっていった。ストーリーを追っていたわけではない。じっとしていられなくて、右手が勝手に動いていたのだ。中ほどの、雪をかぶったお城の場面を開いた。巧妙に折り畳まれていた城が立ち上がっていく。その時、隆幸は、「あっ！」と叫んで後ろへ飛びのいた。

城は蛍光灯の明かりのせいで、昼間見るのとはまた違った陰影を刻んで立っている。その城の庭に、紙で出来た一人の女の子が立っていた。由香里と一緒に、何度も何度もこの場面は見た。けれども庭には、一人の人も立ってはいなかったのだ。その女の子は、美しいピンク色のドレスを着て、王妃の間の窓に向かって手を上げている。お姫様が帰って来たのだ。帰って来て、母親である王妃に呼びかけているのだ。

隆幸の目は、その紙のお姫様に釘付けになった。飛びのいたそのままの姿で、じっと眺め続けていた。これは由香里だ。由香里は新潟に行ったんじゃない。この本の中に、自らが閉じこもってしまったのだ。

どれくらい、そうしていただろう。隆幸はおそるおそる本に近寄ると、王妃の間の窓の中を覗いた。以前は憂いを含んだような表情だった王妃が、にっこりと微笑んでいた。隆幸は、本を乱暴にバタンと閉じると、そのまま、書庫を飛び出した。

隆幸は、その日のうちに父に家に連れ戻された。その夏を最後に、隆幸は平川の家に預けられることはなかった。もう面倒をみてもらうほど隆幸は小さくなかったし、父も預けづらかったのだろう。早苗や祖父や祖母が亡くなった時も、二階に上がることはなく、早々に引き上げた。

由香里はとうとう見つからなかった。公開捜査となって、テレビや新聞に由香里の写真が流れたが、隆幸はそれらから目を逸らした。もはや、父も母もそのことに触れなかった。何の手がかりもなく、捜査は打ち切りになり、由香里の家族は、失意のうちによそへ移って行ったと聞いたが、それらの話にも心を動かされなかった。

隆幸だけが、由香里の行方を知っていた。

風に追われるように、落ち葉が隆幸の足元まで吹かれてきて落ちた。隆幸は、体をねじって背後の書庫の窓を仰ぎ見た。剪定されることなく冬を迎えた青桐が、伸び放題の細い枝で窓を叩いている。

秩序、という言葉が頭の中に浮かんだ。

ものごとを正しい方向に導こうとする、大きな力がこの世にはある。神の意志？

自然の摂理？　星の運行？　正しい言葉はわからないが、宇宙を統《す》べる大きな力が働いて、自分は再びここに呼び寄せられたのだという気がしてならなかった。あの夏の日に出来た小さなほころびを繕うために、秩序が巡り始めたのかもしれない。そのほころびとは、何だろう。由香里が消えたことか。それとも、自分が残ってしまったことか。

　それを確かめるべく、隆幸は立ち上がった。また風が立ち、居間から直接出入り出来る掃き出し窓のガラスをガタガタ揺らした。隆幸は、その引き戸を開けて家の中に入った。二階へ続く階段を上る。踊り場の床に、外の枯れ枝と冬の光が織りなす、入り組んだ模様が映し出されていた。

　書庫の中は静かに冷えていた。昔から、ここには火の気がない。祖父は貴重な書物を守るため、そのつもりで南向きになるように設計したのだ。

　この家に帰ってきた時と同じように、児童文庫の端に、数冊の仕掛け絵本が並んでいる。数日前に見た時に、あの「雪の城のお姫さま」があるのは、確かめてある。意を決して隆幸は、その本を抜き取った。立派な装丁のその本は、ずっしりと重い。以前、書き物机があった窓下には、背の低い本棚が置かれている。その棚の上に仕掛け絵本を置くと、隆幸は一ページずつめくっていった。手がかすかに震えた。上質の紙で出来た「とびだす絵本」は、少しも変質することなく、隆幸の目の前で、物語の一つ一つの場面をパノラマのように描き出す。隆幸は休むことなく、めくり続けた。もし今手を止めたら、あの雪の城を見る勇気がなくなってしまう。真っ白な城は、花びらの多い花が開くように立ち上がってきた。

あのお姫様が立っていた位置は、頭の片隅に今でも焼きついている。隆幸は、その場所に目を凝らした。何もない。ただ雪が降り積もった庭が広がっているだけだ。隆幸は、その紙面を指でなぞってみた。なめらかな紙の感触。糊がはがれた跡も、紙がささくれだったところもない。いったいこれはどういうことだろうか。

自分は夢を見ていたのだろうか。由香里がいなくなった後、確かにここにはピンクのドレスを着た幸せそうな女の子が立っていたのだ。隆幸はかがみ込んで、王妃の間を覗いた。無表情な王妃がこちらを見返してきた。

足元がゆっくりと沈み込むような気がした。

ほころびはまだ繕われていない。

どれくらい、そうしていただろう。

黄昏時もはるかに過ぎ、気がついた時には、隆幸は真っ暗の中に立っていた。手を伸ばして、仕掛け絵本をぱたんと閉じる。そして、大股に書庫を出て階下に下りた。

玄関ホールのハンガーから、コートとマフラーを取ると、それを身につけた。

少しばかり、夜風に吹かれてこようと思った。頭の中が、混乱していた。家の前の道に出て、街灯を目にするとほっとした。自分の気持ちを奮い立たせるようにして、やみくもに歩きだした。夜の散歩が終わって、あの暗い洋館に帰っていくことは、今は考えないようにしよう。人恋しかったので、知らず知らずのうちに繁華街の方に足が向いた。長い間、この地を離れていたのに、足は道を憶えていた。マフラーの中に顔をうずめ、ポケットの中に両手を突っ込んで、町を歩き回る。行き交う人の中に知った顔はない。

家路を急ぐ人々は、誰も彼も無口だ。歩いているうちにようやく落ち着きを取り戻してきた。きっと自分の思い違いだったのだ。急に由香里がいなくなったものだから、気が動転していたのだろう。あるはずもないものを見てしまったのだ。その証拠に、あの「とびだす絵本」の中に、女の子はいなかったではないか。あの年代の子供には、よくあることなのかもしれない。自分で作り出した幻を見てしまったのだ。

そう思うと、体中の力が抜けていくような気がした。

どこまで来てしまったのだろう。隆幸は、立ち止まって辺りを見回した。さっきまで見覚えのある場所だと思っていたのに、確信がない。平川の家からどれくらい離れたのかもわからない。

とにかく、大通りへ出ようと歩きだした。その時、道の向こうでどっと笑い声が上がった。店からの明るい光が道を照らし出している。その光の中で、店から出てきた三、四人の酔客が、肩を叩いて何やら大声で話している。彼らが行ってしまうと、隆幸はその店に近づいた。暖簾には、「花ごよみ」とある。小料理屋のようだ。開店したばかりらしく、入り口に生花のスタンドが立っている。急に腹が減ってきた。隆幸は、暖簾をくぐった。

「いらっしゃい」

カウンターだけの小さな店だ。十ほどの椅子は、半分ほど埋まっている。

「こちらへどうぞ」

カウンターの中には、すらりと背の高い中年女が一人だけ。和服の上に割烹着姿だ。一番奥の席に座ると、突きだしの小皿がさっと出てきた。こんにゃくの酢味噌和えだ。この店は、この女主人が一人で切り盛りしているようだ。

「お飲み物は？」

「じゃあ、熱燗一本」

「はい」

　ようやく人心地ついて、壁に掛かった時計を見ると、もう九時を回っていた。あの書庫にいた時間が長かったのか。それとも町をさまよっていた時間が長かったのか。女主人がついでくれた熱い酒が、冷えた体を温めてくれた。隆幸があまりしゃべらないのを見てとると、女主人はすっと離れて、別の客の相手をし始めた。それでいて、刺身や鶏レバーの煮物など、うまい料理がさっさっと出てくる。こんな店に立ち寄るのも久し振りだ。隆幸は、いつになく杯を重ねた。

　女主人と別の客とのやり取りで、一週間前にこの店が開店したことがわかった。別の所で店を持っていたのだが、地元に帰りたくなって、そっちを畳んで移ってきたのだ、と女主人は控えめにしゃべっている。

「前の店では、料理人も雇って大きな店をやっていたんだけれど、人を使うのに疲れちゃって」

　と笑っている。

「いいよ、いいよ。これくらいの店がちょうど」

「そうだよ。女将さん、料理うまいし――」

「またしょっちゅう来るからね」

　そう口々に言われると、女主人は「ありがとうございます」と微笑んだ。

　一組の客が出て行った。隆幸もそろそろ腰を上げなければならないと思った。が、こうして一度外に出てみると、冷え冷えとした広い洋館に帰るのが、億劫になってきた。それに書庫の低い本棚の上に置きっぱなしにしてきた「とびだす絵本」のことを思うと、気が重い。あの本が紙ではなく、錆びた鉄の塊のように思えた。ぐずぐずしているうちに、残っていた一組も帰ってしまった。

「ありがとうございました」

女主人は、表まで出て見送っている。そろそろ潮時だ。隆幸も立ち上がった。不案内な道の途上で店に入ってしまったのだ。帰り着くのに手間取るかもしれない。

暖簾を分けて戻ってきた女主人は、

「あら、まだいいじゃありませんか」

と、さっきまでとはうって変わって、うち解けた様子で言う。そのままカウンターに入って、客の残していった食器を片付け始めた。

「いや、やっぱり帰るよ。お勘定を——」

「じゃあ、最後に一本おごりますから、もうちょっとだけいらしてください。ね？」

女主人は、てきぱきと酒をつけ、合間に手早くおつまみをもう一品作ってくれる。

隆幸は、羽織りかけたコートをまた脱いだ。

「今日は、もうお客さんでおしまいですよ」

何と答えていいのかわからない。今日の営業が終わりに近づいて、張っていた気が抜けたのか、女主人はえらく親しみのこもった笑顔を向けてくる。

「はい、どうぞ」

反射的に杯を持ち上げて酒を受けた。

「女将さんもどう？」

こういうやり取りは苦手だが、礼儀的にそう言ってみる。すると女主人は、迷わずカウンターの向こうから杯を差し出した。

「女将さんだなんて……」

おかしそうに、ころころと笑う。そして、「いただきます」と杯をちょっとだけ持ち上げた。酒を干すと、「隆ちゃん、でしょ？」と、隆幸に呼びかけた。

隆幸は、あやうく箸を落としそうになった。

「入って来た時に、すぐわかったわ。顔、全然変わってないんだもの」

「えっと、悪いけど、僕はその……」

この町で自分のことを知っている女の子がいただろうか。もしかしたら、伯母の実家である藤村で会った准一の従兄弟の一人かもしれない。

「いやだ。本当にわからないの？　私、由香里よ。子供の頃、よく遊んだじゃない。忘れちゃった？」

今度は、本当に箸を落とした。一本は転がってカウンターの下に落ちた。由香里と名乗った女主人は、また笑って割り箸を差し出してくれる。そうだ。この笑い声。軽く弾むような屈託のない笑い。間違いなく由香里の声だ。さっきまでは、笑うことがなかったので気がつかなかった。

「由香里ちゃん？　何で――？」

それでもまだ信じられず、ただただ由香里の顔を見つめた。ふっくらと厚めの唇、すっと伸びた形のよい眉に、少女の頃の面影が重なった。

「なあに？　どうしてそんな顔するのよ。あなたの従兄弟の准ちゃんと一緒のクラスだった由香里よ。ね？　これで信じてくれた？」

「ああ。わかるよ。そうじゃない。僕がびっくりしているのはね、あの時、由香里ちゃんが六年生の時の夏、急にいなくなって。だから――」

また由香里は、口に手を当てて笑った。

「ああ、あの時ね。隆ちゃん、どうして来てくれなかったの？　私、待っていたのよ。おかげで汽車を何本も遅らせてしまったわ」

「じゃあ、やっぱり汽車に乗ったの？　汽車で新潟へ？」

「ええ。そう言ったじゃない」

「でも、君が行方不明になったって、こっちじゃあ、大騒ぎになったんだ」

「知ってるわ。お母さんのところに問い合わせが来たもの」

言いながら、由香里は割烹着を脱いだ。紫色の着物が、よく似合っていた。

「お母さんのところ――って？」

「あの時、私はお母さんのところにいたの。でもお母さん、私を手離したくなくて、父にも警察にも嘘をついて、私を隠したの」

　隆幸は、言葉を失った。そんな可能性があるなどとは思いもしなかった。無理もない。あの時、大人は全員、その嘘に騙されていたのだ。十一歳の自分にはわかりようもない。

「それからいろんなことがあったわ。いつまでも隠しておけなくて、結局はお父さんたちにわかってしまったし。それからが大変。すったもんだの末、話がついて、私がお母さんと暮らせるようになったのは二年も後だった」

「知らなかったな。そんなこと」

　あの事件以来、隆幸は平川の家とも、この町とも疎遠になってしまった。

「そうね。お父さんやお祖父ちゃん、お祖母ちゃんには、ひどいことをしたと思うわ。あんなに可愛がってくれたのに。とうとうこの町にいられなくなって引っ越ししてしまったの。でも、私はどうしてもお母さんと一緒にいたかったの」

　由香里は、「そっちに行ってもいい？」と口にすると、返事を待たずにカウンターを回って隆幸の隣に座った。

　そして、隆幸の顔を覗き込むと、

「なあに？」

　と、つられて笑った。隆幸は、うつむいて笑いをこらえていたのだ。あの日の自分が滑稽でならなかった。自分が約束の場所へ行かなかったせいで、由香里が誰かにさらわれてしまったのではないか、恐ろしい事故にあって、どこかで誰にも知られずに死んでしまったのではないかと、どれほど気に病んだことか。けれども実際のからくりは、聞いてしまうとこんなに簡単なものだったのだ。

「ひどいな。由香里ちゃん。すごく心配したんだぜ」

そう子供っぽく言うと、由香里は、顔の前で手を合わせて「ごめん」とおどけた。

これで何もかもの理屈が通る。やはり、あの「とびだす絵本」の女の子は見間違いだったのだ。だから今日、開いた本に女の子はいなかった。

「お詫びに今日は、うんとおごるわ。そうだ、もうお店は閉めちゃおう」

由香里は、はしゃいで暖簾を片付けた。

「何がいい？　焼酎もあるわよ。あ、そうだ。とっておきの冷酒があるんだった」

冷蔵庫から出してきた冷酒と、小ぶりのグラスを二つ持って、由香里は隆幸のそばに戻って来た。ふうわりと懐かしい由香里の体臭が匂ったような気がした。

「さあ、乾杯しましょうよ」

二人はグラスを合わせた。すっかり肩の力が抜けて、くつろいだ気分になった隆幸は、准一は今はイギリスに住んでいること、平川の家を処分することになったので、頼まれて自分が家財道具の整理にやって来たことなどをしゃべった。酒がまわってきて、口が滑らかになってきている。

「へーえ、そうなの。あの洋館の前はたまに通るの。他の人が住むようになるのか。それか、もう古いから、取り壊すってことになるかもしれないわね。寂しいわね。そうなったら」

あの家が人手に渡るのは、隆幸だって辛い。第一、隆幸は住むところをなくすことになる。隆幸のグラスに酒を注ぎ、手酌で自分のグラスにも満たす、由香里の手元をじっと見た。このまま、この町で暮らすのもいいかもしれない。家を借りて、職を見つけて――。

由香里がいるなら――。

「今もお母さんと暮らしているの？」

「ええ」

白菜の漬物を隆幸に勧めながら、由香里は答えた。幸せそうな笑みが広がる。

「お母さんと二人で？」

「ええ」

「結婚は？」

「一度も。私は、お母さんといられるだけで嬉しいの」

隆幸は、自分も独身なのだと口にした。そう言った途端、また秩序という言葉が頭の中に浮かんだ。そうか、これだったのだ。自分がここに呼び寄せられたと感じたのは、由香里と出会うためだったのだ。

酔いのためと、長年の重荷を下ろした安堵と、由香里に出会った高揚感とで、頭が痺れたようになっている。

「この近くに住んでいるの？」

「ええ」

由香里はうっとりと夢見るように微笑んだ。

「そうだ。今からうちに来ない？　母も喜ぶと思うわ」

「今から？」

時計はすでに十一時をまわっている。

「でも……」

「いいのよ。私がこういう商売をしているでしょう？　だから、母も夜は遅くまで起きているの。ねえ、いらっしゃいよ。ね？」

由香里は隆幸の腕に手を掛けた。

どうしたものか。隆幸は、視線を宙にさまよわせた。その時、カウンターの向こうの棚の上に飾ってある一輪挿しに目がとまった。その一輪挿しには、一本の花式部が挿してあった。水色の小型の花序《かじょ》には、今、庭から摘んできたように露が宿っている。

花式部？

あれは夏の花のはずだ。こんな真冬にあんなみずみずしい花が咲くなんて——。

何かおかしい。

由香里の手に、そっと力が込められるのがわかった。

「すぐ近くなのよ、この店の」

隆幸の顔を下から覗き込むようにする。

「今年の冬は寒かったでしょう？　だから今、屋根にたくさん雪が積もっているの」

「雪が——？」

ここのところ、ぐっと気温は下がったけれど、今年はまだ一度も雪を見ていない。

「ええ。お庭にもたくさん。雪かきが大変」

由香里の赤い唇の両端が持ち上がり、艶然とした笑みとなった。黒目がちの瞳は、まっすぐに隆幸をとらえている。

「うちは、この近く。とても立派なお城なのよ」

みぞおちに冷たい固まりがすっと落ちてきた。

秩序だ——。

自分を取り戻しに来たのだ。隆幸はそう思った。あの時、弾け飛んでしまった一片のピースである自分を正しい位置に戻すために。

その時、鼻の奥で焦げた臭いがした。

准一は、ギィギィ音のする階段を上って行った。後ろから妻の麻美《あさみ》が、おそるおそるついてくる。

「やっぱり、もうこの家は倒して更地にしないとだめよ。相当傷んでいるわよ」

麻美の腕の中で、灰色の猫が身をくねらせた。

准一は返事をせず、二階の廊下を歩いた。自分が使っていた部屋に入って行く。寝具が片付けられ、白い布が掛けられたベッドに腰を下ろす。後から入って来た麻美は、立ったままで座ろうとはしなかった。

「いったいどうなっているの？　あなたの従兄弟っていう人」

「知るもんか」

准一は、ぶっきらぼうに答えた。今、見てきた一階の客間には、隆幸の荷物が置いたままになっている。ところが、本人はどこにもいないのだ。

「あいつは昔っからそうなんだ。気分屋でいい加減なんだ」

家の整理を頼んでいた隆幸からは、いつまでたっても連絡が来なかった。家の売却を依頼していた不動産屋に見に行ってもらったが、家はもぬけの殻だという。不動産屋は、家が売れないから早く家財道具を処分してくれと催促する。

とうとう業を煮やして、准一夫婦はイギリスから帰って来たというわけだ。

「荷物を置いてどこへ行くっていうの？」

「だけど、財布や免許証はなかったろ。コートも靴もない。奴は出ていったのさ」

「どこへ？」

「知るもんか」

もう一度、准一は言った。

「とにかく、ぐずぐずしてはいられない。こっちにいられる期間は限られているんだ。業者に頼んで全部処分してもらおう。問題は――」

准一は、立ち上がって部屋を出ていった。麻美も後に続く。二人は書庫に入った。

「全然、仕分けした跡もない。いったいどうなってるんだ？」

「知るもんか」

准一の口調を真似て、麻美が答えた。

「ここには、貴重な本がぎっしり詰まっているんだ。捨てるというわけにはいかない。いっぺんに引きとってくれるところを捜さないと」

麻美は、棚に並んだ本に手を伸ばした。飼い主の隙をねらっていたように、灰色の猫は床に飛び下りた。夫婦はしばらく黙ってそれぞれ、書架の間を歩き回った。

「さっき、ここに来る途中に――」

ずらりと並んだ本の題名に目を通しながら、麻美が准一に話しかけた。

「家が一軒、焼け落ちた跡があったでしょう？　気がついた？」

「ああ」

本棚の向こうから、准一が答えた。

「そういえば、タクシーの運転手が何か言ってたよ。ほら、ここに着いて、荷物を下ろしている時。君はさっさと中に入っちゃったけど」

「そう？」

灰色の猫も、本を物色するように、書庫の床を音をたてずに歩いている。

「あそこは、開店間際の小料理屋だったらしいよ。内装もほぼ終わっていたらしい」

「そこが焼けたの？　気の毒に」

「あの運転手の家が近くにあるんだって。火の気もないのに、真夜中に突然、燃え上がったって」

「まあ、怖い」

たいして怖くもなさそうに麻美が答える。児童文庫の中に、自分が子供の頃、愛読していた本を見つけたのだ。

「誰もいないから気づくのが遅れて、一気に燃えてしまったらしい。まるで――」

本棚の上段に、父親の著書を見つけて、准一は手を伸ばした。

「まるで――、紙が燃えるみたいに」

「ふーん」

長身の麻美は、腰を折り曲げるようにして、児童文庫の本を手に取った。

「でも、考えようによっては、開店前でよかったわよ。誰も死んだり、怪我をしたりしなかったんでしょ」

「うん」

しばらく二人は、それぞれ開いた本を一心に読みふけった。退屈した猫は、窓下の低い本棚の上に飛び乗った。その拍子に、本棚の上に置いてあった一冊の本が床に落ちた。本は、一度床に縦にコンッと当たって、中ほどのページが開いた。仕掛け絵本の中から、紙の城が飛び出してきた。雪をかぶった真っ白の城だ。その城の庭に、二人の子供が立っていた。一人は、ピンクのドレスを着た女の子で、もう一人は、羽飾りのある帽子を被った男の子だ。二人は手をつなぎ、微笑み交わしているように見えた。

ほんの少しの間、猫はその本を見下ろしていたが、すぐに外の景色に目をやった。

そして、春めいてきた日差しの中で伸びをして、にゃあ、と鳴いた。

獺《だつ》祭《さい》

母ちゃん、第二十八祥栄丸《しょうえいまる》は沈没した。心配しているだろうけど、俺は何とか生きてるよ。救命いかだに乗り移れたのは機関士の谷口《たにぐち》さんと俺の二人だけ。ひどいもんだ。十八人も乗り組んでいたのに。清水《しみず》港を出て足摺を廻る時、ちゃんと臼碆《うすばえ》の神さんにも手を合わせたのにな。船から投げ出されたショックと、漂流する恐怖とで気が狂いそうだ。

谷口さんはいい人だった。俺を元気づけようとして、いろんな話をしてくれていた。いかだに備え付けの釣り道具で小魚を釣って食べさせてくれたりもした。

でも——なんか——様子がおかしいんだ。

俺が谷口さんに代わって釣りをしていたら、擬餌針を魚に取られてしまった。力なく横になっていた谷口さんが、大声で喚《わめ》き散らして怒った。優しかった谷口さんが別人のように見えた。母ちゃん、俺、もう限界だ。なるたけ谷口さんから離れて、膝を抱え込む。窮屈な所に同じ姿勢でいるものだから、尻や足の皮膚がすり剝けてきた。肉は赤黒く腫れている。

谷口さんは、体の大部分を水に沈めて、救命いかだの下についた魚を巧みに捕獲する。時には振り向いた途端、口に魚をくわえていることがある。頭からガリガリとむさぼり食う。骨まで砕いて食べてしまう。その様子を俺はぼんやりと見ている。谷口さんの歯は、どんどんとんがってきている。特に犬歯の鋭さときたら――。言葉ももう全然しゃべらない。

食べきれない魚を自分の足元に並べていて、俺が手を伸ばそうとすると、「シューッ」という声を出して威嚇する。獣が臭腺《しゅうせん》から発する特有の臭いもする。そんな谷口さんの様子を見て、俺は祖父《じい》ちゃんに聞いた話を思い出した。祖父ちゃんが子供の頃には、まだ海岸にいたカワウソの話だ。奴らは月夜の晩に、獲った魚を集めて収獲を祝うようなしぐさをしていたという。村の人達は、それを「獺祭《だっさい》」と呼んだそうだ。谷口さんはカワウソになってしまったんだ。母ちゃん、谷口さんはもう人間じゃなくなってしまったよ。それとも俺が狂ってしまったのか。でも、谷口さんの指の間には水掻きがある。それだけは確かだ。

海がしけてきた。今まで穏やかだっただけに怖くて仕方がない。だけど海に沈んで死んだ方がいいかな？　このままいかだの上で衰弱死したら、谷口さんに死肉を食べられそうな気がするんだ。いかだは大波にもまれている。谷口さんは腹這いになって、口の周りを手で丁寧に拭っている。よく見ると、口の周辺にはピンと張った丈夫な毛が密生しているが、俺はもう驚かない。

風雨が激しくなってきた。谷口さんはテントの入り口を開けたままにしているから、雨がどんどん入ってくる。とうとう横波を受けて転覆してしまった。水中に沈んだ天蓋を掻き分けて、俺は海の上に浮かび上がった。ライフジャケットのおかげで何とか溺れずにすんだ。少し離れた所に谷口さんのライフジャケットが浮いていた。まるでするりと体だけが抜け出したみたいに、きちんと紐は結んである。そのすぐそばに、ぽこんと谷口さんの頭が浮いてきた。頭頂部は平らで、目と鼻とを出して外界を警戒するように見渡した挙げ句、海の底に沈んでいった。太い尻尾が見えた。やっぱりあれはカワウソだ。

俺はライフジャケットの浮力だけを頼りに海の上を漂っている。下半身の感覚はもうない。今が昼なのか夜なのかもわからない。暗いけど、波が光って連なっているのがわかるから、昼間なのかな。いや、違う。満月の晩だ。カワウソが獺祭をするような晩だ。

その波の向こうに、小さくて白い船が見える。幻を見ているのだろうか。俺は力を振り絞って腕を掻いた。船はだんだん近づいてくる。四トンクラスの小さな漁船だ。

やっぱり幻なんだろう。太平洋の真ん中に、こんな漁船が浮かんでいるはずがない。でも、船のへりをつかんだ手には、しっかりとその感触が伝わってくる。両手で体を支えながら、俺は船の中を窺《うかが》った。人の姿は見えない。きっとどこかの沿岸から船だけが流されてきたのだろう。助かった。また少し命を永らえることが出来る。俺は、両腕に力を込めて船に這い上がろうとした。

　その時、月の光に照らし出された甲板に、大小さまざまな形の魚がきちんと頭を揃えて並べられているのに気がついた。獺祭？　そう思った瞬間、操舵室の中で黒い影が動くのが見えた。はっとしたがもう遅い。どこにも身を隠すことが出来ない。のっそりと出て来た人物は、前かがみで素早く俺の方に寄って来た。そいつは水掻きの付いた手をこちらに伸ばして、歯を剝いた。生臭さと獣の臭い。俺には馴染みの臭いだ。

　全身の力が抜けていくような気がした。そこに立っていたのは、やはりカワウソだ。だが谷口さんではない。長く漂流を続けて人ならぬものになってしまった別のカワウソだ。そいつは俺を見下ろすと、ぎょっとした表情になった。

「おめ、人間じゃねいな」

　そう言い残して身を翻すと、とぷん、と海に飛び込んだ。そうだ。祖父ちゃんが言ってた。

　カワウソは、大きな水音は立てないんだ。とぷんと密やかな音を立てるだけなんだって。

でも、あいつのさっきの言葉は？　俺はゆっくりと自分の下半身を見下ろした。俺の腹から下は、びっしりと固い鱗《うろこ》に覆われていた。

俺はいったい何になってしまうんだろう。

母ちゃん、俺、もう土佐清水には戻れそうもない。

狼魄《ラン・ポオー》

祭壇に飾られた祖母の遺影が、優佳《ゆうか》を見下ろしていた。

「大丈夫、大丈夫。優佳ならやれるよ」

子供の頃、しょっちゅうかけてくれていた祖母の声が甦《よみがえ》ってきた。おとなしくて引っ込み思案の優佳を、祖母はことのほか可愛がってくれた。あの優しい笑顔が懐かしかった。

優佳の隣に誰かが座った。友子《ともこ》伯母だった。

「もう二十三回忌だなんて早いもんね」友子伯母は数珠《じゅず》を絡めた手を合わせた。「お母さんも戦争直後は苦労して満州《まんしゅう》から引き揚げて来て大変だったけど、でも最後は幸せだったと思うわ。きっとお父さんとあっちでのんびりしているよ」

「そうね」

もう一度、遺影を見上げた。

庭の池で、鯉がぴしゃんと水を撥《は》ね上げた。水面には、桜の花びらが浮いていた。

「まあ、お母さんもいい季節に亡くなったもんよ」

友子伯母は、「よいしょ」と手をついて立ちあがった。肥えた体に、喪服のウェスト部分がはちきれそうだ。

「おーい、優佳。こっちへ来て手伝わんか」

父が続きの間から呼んだ。仕出し屋から届いた法事用のお膳《ぜん》を、皆で座卓に並べているところだった。台所からビールやコップ、汁椀《しるわん》を運んで来るのは、女性たちだ。

「黒豆ご飯も炊いてあるからいっぱい食べてね」

輝美《てるみ》伯母《おば》がお櫃《ひつ》ごと持ってきた。玄関がガラガラと開いて、坊さんを寺まで送ってきた勝《まさる》伯父《おじ》が入ってくる。

「やーれやれ」

黒いネクタイを緩めながら、座卓の前にどっかりと腰を下ろした。

「最円寺《さいえんじ》さん、感心してたよ。こんなに親族が集まって法要をしてくれて仏さんも喜んでるに違いないってさ」

「ほんとねえ」輝美伯母が夫の言葉を引き取った。「ばあちゃんも、この座に加わりたいでしょうねえ」

「話好きだったもんな」

「どこかで聞いてるよ、きっと」

優佳は、台所で湯呑《ゆのみ》にお茶を淹《い》れて運んできた。座敷で談笑する一人一人に配る。

従姉《いとこ》の美早子《みさこ》の前に置くと、「ありがとう」と微笑んだ。

「さあ、もういいから座れ、座れ」

祖母の長男である勝伯父に急《せ》かされて、優佳も席に着いた。皆のコップにビールが注《つ》がれた。

「それじゃあ、今日は祖母《ばあ》ちゃんの二十三回忌に集まってくれてありがとう」

勝伯父がコップを持ち上げて言った。

「祖母ちゃん、いや、お袋は、満州から俺と武雄《たけお》を連れて内地まで帰って来て、それからシベリアに抑留されていた親父が帰って来るのを辛抱強く待ってた。それから——

——」

「長いよ」

武雄伯父が横から口を挟んだ。

「まあ、待て待て」勝伯父は軽くいなした。「親父と行商をしながら、友子と泰平《たいへい》を産んで育てた。働き者だったから商売もうまくいって、金井《かない》雑貨店は繁盛したわけだ。七十八歳で死んだのは、ちょっと早かった気もするが、まあいい人生だったと思う。お寺さんも感心するほどの親族が寄るのは、お袋の人徳だな。皆、忙しいのに、ほんと、ありがとうな」

勝伯父はコップを持ち上げて「献杯《けんぱい》」と言った。

全員がそれに和した。

お膳の蓋《ふた》を取りながら、優佳はざっと皆の顔を眺めた。祖母の子供である勝伯父、武雄伯父、友子伯母に、末っ子である父の泰平。それぞれの配偶者。その子である孫たちは、全員揃えば十人だが、都合がつかなくて来られなかった者もいるから、六人。ほとんどが既婚者だ。一番年下の優佳でさえ、三十歳なのだから。配偶者や子供を連れて来ている者もいて、賑《にぎ》やかなことこの上ない。

あちこちで笑い声が上がる。二十三回忌ともなると、故人のための法要よりも、親族が集合した喜びの方が勝るようだ。祭壇を構えた奥の間と、手前の座敷との間の襖《ふすま》を取り払って広い続き間にしてあるのだが、それでも狭いくらいだ。

そのうち日本酒や焼酎《しょうちゅう》まで出てきて、座は盛り上がった。金井の血筋は、元来酒に強い。滅多に会わない同士が酒を酌み交わしている。友子伯母の夫の啓太《けいた》郎《ろう》伯父は酒に弱いので、早くも真っ赤な顔をしている。

「優佳、賢成《けんせい》君はどうした？」

その啓太郎伯父が尋ねてくる。

「あ、すみません。今日は仕事で。遅れて来るそうです」

「そうか。優佳の結婚式以来だな。彼に会うのは。元気にしてるのか」

武雄伯父が割り込んできた。それに「はい」と答えた。

はす向かいの席にいる美早子と目が合った。彼女はにっこりと笑いかけた。それに優佳も笑顔で返した。

　夫の賢成と結婚したのは、二年前だ。紹介してくれたのは、勝伯父の娘の美早子だった。美早子は四十五歳。優佳とはかなり年が離れている。祖母が満州から引き揚げて来た時、連れて帰った上の子二人と、祖父が復員してきてから生まれた下の二人との間の年齢が離れているせいで、従兄弟《いとこ》の年齢も幅が広いのだった。

　女子大を卒業してから地元の食品メーカーで事務の仕事をしていた優佳は、地味で目立たない性格で、男性との付き合いもなかった。いつまでも実家に両親と住んでいて、会社と家とを往復をするだけの彼女に、美早子が「いい人がいるんだけど」と無理やり会わせたのが、山之《やまの》内《うち》賢成だった。美早子の夫が経営しているスポーツクラブに出入りしている営業マンということだった。トレーニングマシンを扱う会社に勤めているだけあって、自分も体を鍛えるのが趣味なのだと言った。しかし極端に筋肉質ということはなく、食物にも気を配っていて、健康的で引き締まった体型をしていた。食品メーカーに勤める優佳とは、話が合った。

　男性と面と向かうと話題を見つけるのに苦労し、おどおどしてしまう優佳にとっては理想の相手だった。

「山之内君も、優佳のことが気に入ってるようよ。もうさっさと決めちゃいなさい」

　積極的な美早子に背中を押されて、賢成からのプロポーズを受け入れたのは、会ってまだ四か月しか経っていない時だった。二人の結婚を、美早子夫婦は喜んでくれた。子のない夫婦にとって、優佳は、よく言うことをきく妹か娘のような存在だった。

「ごめんください」

玄関が開く音がした。

「ほうら、話してたらご本人の登場だわ」

美早子が立っていった。連れて来られた賢成は、遅れた詫《わ》びを言い、勝伯父と優佳の両親のそばに寄っていって挨拶《あいさつ》をした。

「まあまあ、いいから。まずは一杯」

優佳の隣に座った賢成に、武雄伯父がすかさずコップを差し出す。それに美早子がなみなみとビールを注いだ。

「車は優佳ちゃんが運転して帰るんでしょ？」

「ええ」

一滴も飲めない優佳がいつも運転手代わりをすることを、美早子はよくわかっていた。あちこちから腕が差し出され、賢成はお膳に手を付ける前に誰彼となく酒を酌み交わした。彼も立っていき、お酌をして回る。

「さすがは営業マン。よく気がつくなあ。優佳はいい人と結婚したもんだ」武雄伯父が感心したように言った。「美早子に感謝しないとな」

「そうでしょ？」

美早子がいたずらっぽく笑い、お茶を飲み干した。優佳は、空になった湯呑に急須《きゅうす》から茶を注ぎ足してやった。夫婦ともに美食家で酒豪なのだが、医者に注意されて美早子はこのところ、アルコールを控えているのだと聞いた。

「旦那《だんな》に付き合ってあげてるのよ。スポーツクラブのオーナーがぶくぶく太っていたんじゃあ、みっともないでしょ」

そんなふうに美早子は言った。その夫は、今日はここには来ていない。

賢成はあちこちでつかまって、なかなか帰って来ない。

話題は、祖母が苦労して満州から引き揚げてきたことに移る。たいていこうした集まりでは一回は出る話だ。

祖母のサヨは、北満のハイラルというところで終戦を迎えた。一斉に引き揚げと決まった時、祖父の征久《ゆきひさ》は戦争に取られて不在だった。それまで耕してきた農地も家畜も捨てての逃避行だ。しかも当時、勝伯父は三歳、武雄伯父は七か月だった。二人の幼子を連れてどれだけ苦労して内地に帰ってきたか、祖母が生きている時は彼女の口から、よく聞かされたものだ。

特に従兄弟の中で一番年下の優佳はおばあちゃん子で、学校の友だちもあまりうまく作れなかったこともあり、祖母が語る遠い国の話に耳を傾けていた。他の従兄弟連中がうんざりしておざなりに聞いている中、優佳は祖母の話にのめり込んでいった。そんな優佳を祖母はことのほか、可愛がったのだった。

「ねえ、憶えてる？　お祖母ちゃんの話の中に、満人に連れていかれそうになった女の子の話があったでしょう？」

　そう言ったのは、友子伯母の娘、淳子《じゅんこ》だ。祖母の思い出話の輪もばらけて、親世代とその子供世代とに分かれてきていた。親世代は勝伯父を中心に、内地に引き揚げてからの苦労話に移っていた。

「何だっけ？　それ」

　武雄伯父の長男、一史《かずふみ》が酒臭い息を吐いた。

「ほら、お祖母ちゃんが魔法か呪術《じゅじゅつ》か知らないけど、そういうので悪い満人を殺して逃げたって話」

「ああ、思い出した。あれ、ほんとの話なのかな？」

　一史の弟の佑人《ゆうと》が口を挟む。

「作り話だろ。祖母ちゃん、茶目っ気があったからな。お前みたいな悪い子供を怖がらせるために作ったんだよ」

「そうかな？　私、あれ、結構ぞっとしたんだけど」

「淳子、信じてたわけ？」

従兄弟たちは、淳子を指差して笑った。

「ねえ、優佳ちゃんも聞いたよね。あれ、ほんとっぽかったよね」

「ええ……」

優佳の視線は、夫の姿を追った。賢成は、優佳の両親と美早子とに挟まれて談笑していた。

──どんなことをしても生きて帰ろうって決めてたんだ。

祖母の声が脳裏をかすめた。


どんなことをしても生きて帰ろうって決めてたんだ。どんなことをしてもね。

ハイラルというところは満州国でも北の奥地、草原の中の町だった。大興安嶺《だいこうあんれい》山脈を東に臨み、南は外蒙古《がいもうこ》、アルグン河の向こうはソ連だ。ソ連国境からは二百キロしか離れていないからね。ソ連からの攻撃に備えて堅牢《けんろう》な陣地が築かれた関東軍の要《よう》衝《しょう》だった。


町の周囲に広がるホロンバイル草原は、中国の数ある草原の中でも最も美しいと言われていた。ああ、今でも目に浮かぶよ。夕焼け時の大草原の景色が。西の空が茜《あかね》色に染まる。ゆったりとうねるハイラル河が黄金色に輝き始める。青々とした草原が燃え立つように真っ赤になるんだ。空と地平の間を鳥の群れが飛んでいく。空が赤くなればなるほど、群れは黒いシルエットになって浮かび上がる。あれは言葉を失う光景だったね。

冬は零下三十度以下になる厳しさだったけど、春が来てあの光景を見ると、ずっとここで暮らしていたいと思ったもんさ。

土地も豊かだった。開拓団は高さ三メートルもある土塀に囲まれた家屋に住んでいた。土塀の外は、開拓団が開墾した高粱《コウリャン》やトウモロコシや、ジャガイモ畑が広がっていた。それだけの土地は開拓民だけの手にはあまり、満人や朝鮮人を雇って耕作していた。うちは三家族くらいの小作人を雇っていたと思うね。どの家も貧しかった。だから何でも仕事を欲しがったんだよ。李《リ》さんという家のお嫁さんがよくうちの手伝いに来てくれていた。何明花《ホーミンファ》さんというきれいな名前の人だった。勝や武雄の面倒をみてくれたり、保存食を作る手伝いをしてくれたよ。日本の漬物や干物の作り方を教えてあげたら、明花は、ピータンや豚の腸詰めの作り方を教えてくれた。

いい子だったんだけど、可哀そうな子でもあったね。李家の舅《しゅうと》というのが粗野で乱暴な男でね。息子の嫁の明花を酷《ひど》い目に遭わすんだ。たいした理由もないのに殴る蹴《け》る。大声で罵《ののし》る。寒い時期に薄着で外に放り出されたこともある。その時は、明花はうちまで泣きながら駆けてきたよ。あの時は、危うく命を落とすところだった。どうしてあんなにお嫁さんを虐《いじ》めるのか不思議だったね。

どうやら明花には蒙古人の血が流れているようだった。舅の口癖は、「こいつは草原の真ん中に捨てられてたのを拾ってやったんだ」だったけど、本当のことかどうかはわからない。みなしごだったのは間違いないようだ。近所の人が言うには、舅が人買いから買ったんじゃないかって。あんまり酷《ひど》い仕打ちだから、そんなふうに推察しただけかもわからないけど。

うちのお祖父《じい》さんも見かねて注意したりしたが、あの老人の残虐行為は治まらなかったね。息子はおとなしい男でね。父親の言いなりなんだ。可哀そうに、明花はいつも体中傷だらけ。冬はしもやけ、あかぎれだらけ。満足に食べさせてもらえないのか、痩《や》せてね。見ていられなかった。

何をされてもあの子は黙って我慢してた。ある時、明花が身ごもったんだ。そのことを嬉《うれ》しそうに報告しにきてね。赤ん坊が生まれたらきっと幸せになるだろうと思ったもんさ。武雄のお古の産着《うぶぎ》をあげたら、大喜びしてた。

でもそれも一か月かそこらのことだったね。這《は》いずるようにして明花がうちに来たんだよ。見たら、ズボンが血だらけでね。すぐに家に入れて寝かして着替えさせた。何が起こったのか、薄々は察しがついたよ。あたしは開拓団の中のお産婆さんを呼びにいった。お産婆さんが「赤ん坊はだめだね」と首を振った。明花は泣き崩れた。あたしたちは、日本語と中国語をちゃんぽんでしゃべっていたから、だいたいのことはわかるんだ。身重なのに、またあの舅が乱暴を働いたのさ。腹を足蹴にされたって言ってた。あの男にとっては、明花はただの下働き女でしかなかったんだ。子供を産むなんてもってのほかだって、誰かに言ったって、後で聞いたよ。

　あたしは腹が立って腹が立って。明花だけをうちで引き取って、李家とは縁を切ったらどうかってお祖父さんに言ったのさ。お前たちのお祖父さんも優しい人だからね。考え込んでいたよ。だけど、そんなことしなくてよくなった。ある日、畑の中であの悪辣《あくらつ》な舅は倒れて死んでた。鍬《くわ》を持ったまま。怪我も何もしていない。狼に襲われたっていうのでもない。きっと病気を持っていたんだろうと誰もが思った。倒れた時には誰も近くにいなかった。広い畑だからね。バチがあたったのさ。

　狼？　そうだね、いたよ。たくさん。土塀で村を囲ってあるのはそのためさ。狼は真夜中にやって来る。高い土塀の崩れかけたところを見つけて飛び越えて来る。

「狼だ！」という叫び声がしたら、男たちが鉄砲を持って出ていく。だけど真っ暗の中、狼を仕留めることはできないんだ。鉄砲を撃って追い払うくらいしかできない。あいつらは家畜小屋目がけて群れでやって来る。朝になると、食いちぎられた鶏や、内臓を食われた牛の死骸《しがい》が転がってたよ。

　舅が死んで、明花は助かった。旦那さんと仲良く暮らすようになった。ほっぺもふっくらしてね。可愛らしい働き者のお嫁さんになった。あたしらも喜んだものさ。畑からはたくさんの収穫があって、生活も豊かだった。いつまでもこんな生活が続くことを願ってた。

だけど、ついに終わりが来るんだ。昭和二十年八月九日のこと、ソ連軍が国境を越えて攻め込んで来た。お前たちのお祖父さんは、その直前に現地召集されていてない。団長に急《せ》かされて、あたしは大急ぎで荷物をまとめた。と言っても女一人に幼い子供二人。いくらも持てやしない。リュックサックに子供の着替えと少しばかりの食べ物を詰めていたら、明花がやって来た。

「奥さん、国に帰るのか」

そう言って泣いた。あたしも泣いたよ。心細くて情けなくて、怖くて。それからあの土地や明花と別れるのが辛《つら》くて。明花はひとしきり泣いたら、涙を拭《ふ》いて、ぼろ布に包んだ物を取り出した。

「これを持って行け」と言う。布を開いてみせた物をつくづく見たら、ぞっとしたね。それは銀色の毛に覆われた獣の足だった。干からびて細くなってた。

「これは何？」恐る恐る尋ねたら、明花が言った。

「これは狼魄《ラン・ポオー》だ」って。

「ラン——何？」よく聞き取れなかった。

「ラン・ポォーですよ、奥さん」

そしてあたしに近寄ってきて囁《ささや》いた。震えてかすれた声を、あたしはようよう聞き取った。これは明花の母親が彼女を捨てる時に、一族に伝わっている呪具だと言って持たせてくれた物なんだ。そう言ったと思う。大いなる力を持つ銀色の狼の前足を切り取った物らしい。

　あたしは即座に断った。気味が悪かったし、少しでも役に立つ物を持って行きたかったから。すると明花は首を振ってあたしの手に押し付けてきたんだ。

「奥さん、絶対にこれは役に立つ。持って行きなさい。身を守るために」

　それで誰かの命を奪うことができると付け加えた。これからの苦難の旅を思えば、必要になる時があるだろうと、必死の形相でそう言うんだよ。あたしは、それならあなたが持っていなさい。そんな大事な物は受け取れないと答えた。すると明花は言ったんだ。

「これを使えるのは、一生に一度だけ。私はもう使ったからいらない」

　その瞬間、あたしは悟ったのさ。明花は、これの力を借りて舅を殺したんだなって。凍り付いたあたしに、明花は布に包み直した狼魄を握らせた。そうして使い方を教えてくれた。

「さようなら、奥さん」

　明花は、さっと背を向けて走り去った。あたしの手には、薄気味の悪い呪具が残された。どうしてあれを捨ててしまわずに荷物の中に入れたのか、よくわからない。とにかくあたしは狼魄をリュックサックの一番下に押し込んだ。そしてリュックサックの上に武雄を載せてしっかりと負ぶい、勝の手を引いて出発したんだ。

それからの行程は酷いもんだった。ソ連兵に追われただけじゃない。満人も暴徒となって日本人に襲いかかった。荷物を奪われるのならまだいい方。服も剝《は》ぎ取られ、子供まで連れ去られた人も大勢いた。守ってくれるはずの関東軍は、民間人を置いてさっさと逃げてしまった。ソ連兵に囲まれて、集団自決した開拓団もいくつも見たよ。あたしは必死で子供だけは守ったんだ。

汽車に乗れたのはわずかな区間で、後はひたすら線路伝いに歩いたね。途中で心優しい満人の家で食べ物を恵んでもらったり、そうかと思えば鎌を振りかざして追いかけられたり。開拓団は落伍《らくご》者が出たり死人が出たりで、しだいに人数が減ってきた。ようやくハルピンにたどり着いた時には、秋風が吹いていた。

子供を山の中に置き去りにした人も何人もいたけど、あたしはなんとか勝と武雄を連れていた。同じ団にいた明神《みょうじん》さんという奥さんは、途中で二歳の子が死んでしまい、埋めてやる暇もなく、道端に置いてきたことを辛がっていた。上に十三歳のひで子ちゃんという女の子がいて、いつも勝の手を引いてくれて面倒をみてくれたから助かった。優しい子だった。リュックサックの中の着替えは、食べ物と交換してもらったので、なくなってしまっていた。手を突っ込んでみたら、底に狼魄だけが残ってた。

北満のパリと言われるほど美しい町だったハルピンは、すっかり様相が変わっていた。五つの鉄道線路の集結地であるハルピンには、ソ連軍に追われた避難民が押し寄せてきていた。団長が掛け合って、崩れかけた工場跡に落ち着いた。工場跡と言っても、ただレンガ造りの壁があるだけ。屋根も何もない酷いところだった。それでも拾ってきた木材や天幕で、何とか雨露をしのげる住処《すみか》にはした。そこに落ち着いたのは、五家族十八人。やれやれと思う間もなく、食べ物探しに走り回らなければならなかった。

団長は六十過ぎの杉原《すぎはら》さん。まともな成年男子はいなかった。あとは女子供だけ。街道で物を拾ってきたり、満人に恵んでもらったり。働ける者は働きに出た。あたしも明神さんも満人の屋台やごみの片づけなどに雇われて働いた。その間、ひで子ちゃんが子供たちの面倒をみてくれていた。必死で働いても、一日三十円くらいにしかならなかった。トウモロコシ二本買うのがやっとだった。

こんなことでどうやって厳しい冬を越せるだろう。山の中で死んでしまっていた方がましだったと思ったもんだよ。シラミと栄養不足から、チフスで死ぬ人も増えた。杉原さんも高熱を出した。そんな時、王《ワン》という名の農民がやって来たんだ。どうやら女の品定めをしているようだった。人買い市は市街地にも立っていて、食べていけない日本人は、女、子供を売って暮らしを立てていた。

うちの団にやってきた王は人のよさそうな中年男で、自分の息子の嫁にするんだと言った。ひで子ちゃんを指差して、この子を売ってくれないかと明神さんに掛け合った。明神さんは何度も断ったのだけれど、どうしてもと言ってきかない。きっと大事にするからと言われ、また杉原さんの奥さんにも説得されて、とうとうその気になった。

このままここで飢えて死ぬよりも、満人の農家で暮らす方がひで子ちゃんにとっては幸せだと考えたようだ。そういう例は、いくらもあったんだ。

ひで子ちゃんは嫌だと泣いたが、王がしつこく言い募り、たくさんの食べ物や着物を差し出した。団の皆の目の色が変わった。この団を助けるためだと言いくるめた。あたしはひで子ちゃんが可哀そうでならなかったよ。だってまだあの時、あの子は十三歳だったんだから。

ひで子ちゃんを連れに来るという日、明神さんがあたしに頼んだ。山をいくつも越えていくという王の村までついていって、どんな息子の嫁になるのか見届けて来てくれないかと。明神さんは、弱り果てて足も悪くしていたので、どうしてもついていってやれないのだと泣くのだった。

あたしは明神さんの頼みを引き受けたよ。あれほどよくしてくれたひで子ちゃんが、どんな家に貰《もら》われていくのか、ちゃんと見て来ようと思ったから。王は馬車《マーチョ》を雇ってひで子ちゃんを迎えに来た。明神さんは、約束通り千円を受け取った。それで十七人がどれだけ生き延びられるのか。ひで子ちゃんの人生と引き換えにしたお金で。

あたしは子供たちを明神さんに預けて馬車によじ上った。王は村まで一緒に行くというあたしを喜んで乗せた。どうせ馬車はハルピンまで帰って来るのだから、帰りも乗せてもらえばいい。とにかく心細くて震えているひで子ちゃんについて行ってやりたかった。

車夫が痩《や》せた馬に鞭《むち》を入れて、馬車は動き出した。あたしはひで子ちゃんにひっきりなしに話しかけていた。あの子は真っ青な顔をしてポロポロと涙を流していたから。王や車夫には、あたしらの話す日本語がわかるはずもないだろう。馬車は、どんどん山の中に入っていった。酷い悪路で車輪がガタガタ揺れて、お尻《しり》が痛かった。

そのうち王は、車夫と話しだした。あたしには中国語がわからないと思ったんだろうね。それを聞いて、あたしは震え上がったね。王には息子なんかいないんだ。ひで子ちゃんは、自分の嫁にするために買ったんだった。もう五十に手が届こうかというような男だよ。ひで子ちゃんは若いから、家の中や田畑で働かせるのだと王は話していた。舅《しゅうと》にこき使われ、挙げ句に暴力を振るわれていた明花のことが頭をよぎったよ。

何も知らないひで子ちゃんは、あたしにもたれかかっていた。泣き疲れたのだろう。

うとうとし始めていた。まだほんの子供だったんだ。あたしは口を閉じて、前に座った二人の満人の会話に耳を傾けた。王は車夫に言った。

「一人分の金で二人の女を手に入れられてよかった」って。あたしは仰天した。初めから王はあたしをハルピンに返すつもりなんかなかったんだ。あたしを村の誰かに売り飛ばす算段をし始めた。それだけじゃない。車夫に、二人の子供も騙《だま》して連れて来るようにと命じた。

「母親が待っていると言えばついて来るだろう」

日本人の子供は高く売れるとにんまり笑った。気が遠くなりそうだったね。安易に馬車に乗ってしまった自分を詰《なじ》りたい気持ちだったよ。それでもあたしは諦《あきら》めることはしなかった。そっと懐に手を入れた。そこには、あの狼魄を潜ませてきていた。峠の上で、王は馬車を止めさせた。そこで一休みしようというのだ。車夫は榾木《ほだぎ》を集めてきて火を起こした。お茶を沸かすつもりのようだ。あたしは横から手を出して、お茶の用意を取り上げた。王と車夫はすっかりくつろいで、お茶が沸くのを待っていた。あたしはあいつらの目を盗んで狼魄を取り出した。断ち切られた狼の足からは、骨が見えていた。それを釘《くぎ》で引っ掻《か》いて少しばかりの粉を作った。そして王の茶碗《ちゃわん》にその骨の粉を入れた。ひで子ちゃんは、目を見開いてあたしのすることを黙って見ていた。

王と車夫は、お茶をうまそうに飲んだよ。それから片付けをして馬車に乗った。王はひで子ちゃんが乗るのを手伝ってやっていた。ほくほくした顔を見たら、反吐《へど》が出そうだったよ。その王の後ろに回って、あたしは狼魄の爪で、あいつの首の後ろを引っ掻いてやった。驚いて振り返った王は、自分の首筋に手を当てた。血が滲《にじ》んでいた。そこであたしは汚い手《て》拭《ぬぐ》いを差し出した。

王は不機嫌に「不要《ブーヨー》」と押し返した。

それからまた山道を馬車に揺られていった。王はもうしゃべらず、首をうなだれていた。眠っているのだろうと車夫も声をかけなかった。もう一つ峠を越えた時、車夫がとうとう王の異変に気が付いた。王はもう息をしていなかった。馬車が止まると、そのまま横に倒れてしまった。明花が言った通りだった。狼魄は恐ろしい力を持っていたんだ。彼女から聞いた使用法を、あたしは忘れていなかった。まず狼の骨を削った粉を飲ませる。その後、狼の爪で相手の体のどこかを傷つける、というものだった。

車夫は驚いて立ち上がった。王を揺すって声をかけたが、息絶えているのがわかったら、オロオロし始めた。

「静かにおし」あたしは中国語でそう言ったね。「こいつはあたしが殺してやったんだ」懐から狼魄を取り出すと、車夫は悲鳴を上げて跳びすさった。狼魄のことを知っていたのかどうか、慌てふためいて馬車から降りた。

「あんたも殺してやろうかね」

狼魄を振り上げて脅すと、森の中に逃げ込んでいった。

あたしは王の死体を検《あらた》めた。懐にまだたくさんお金を持っていたから、それを取り上げた。いい上着を着ていたのも剝《は》ぎ取った。それからひで子ちゃんに手伝わせて、王の死体を谷底に落とした。賢い少女は、何も訊《き》かずに黙々と働いたよ。

あたしは馬車の手綱《たづな》を取って、ハルピンに引き返した。馬車は市で売り払った。そのまま工場跡に戻ると、皆に出発する支度をするよう促したんだ。あたしの切羽詰った形相に誰もが文句を言うことなく従った。病み上がりの杉原さんに王の上着を着せてやったけど、あの人もされるがままだった。

あたしたちはハルピンを後にしたのさ。線路を伝って歩きながら、また思ったんだ。どんなことをしても生きて帰るんだってね。


「あの話はほんとに怖かったよね。私、あの晩は眠れなかったもの」

淳子が大仰に身を震わせた。柱にもたれかかった一史がクックッと笑い声を上げた。

「淳子や優佳はまだチビだったからなあ。祖母ちゃんもびびらせがいがあったろうよ」

「何よ、それ」

淳子は唇をとんがらかした。

「いやあ、中国大陸は奥が深いからなあ。案外ありかも。逆にロマンがあるじゃん」

佑人が手酌で燗酒《かんざけ》をお猪口《ちょこ》に注ぎながら言った。そのままぐいっと飲み干す。

「本当に殺したかどうかは別として、ああいうアイテムで身を守るってことはできたんじゃないかな、あの時代」

「アイテムって何だよ。お前、ネットゲームのやり過ぎなんだよ」

「でさ、その狼魄っての、どうなったんだっけ？」

佑人は兄の言葉を軽く無視した。

「あー」淳子は天井を仰いだ。「それは憶《おぼ》えてないなあ」

少し考えた挙げ句、「たぶん日本に帰って来て、ひで子ちゃんと別れる時にその子にあげたんじゃなかったかな？」

「あ、そうだ。そんなふうに聞いた気がする」佑人も同調した。また酒を注いであおる。

「ひで子ちゃんは、それをどうしたかな？　祖母ちゃんから使い方も伝授されただろうから。やっぱり誰かを殺しちゃったかな？」

一史は自分の言葉にぷっと噴き出した。

それきりその話題は打ち切られ、婚活を繰り返す淳子の近況に移った。

部屋の向こうで、わっと笑い声が上がる。優佳は視線をそちらに移した。優佳の両親が嬉《うれ》しそうに笑っている。その前には夫の賢成と美早子がいて、同じように笑っている。美早子の手がさりげなく賢成の背中に回される。夫もそれを気にする様子ではない。

優佳は無表情にそうした仕草を眺めていた。

夫と美早子の間に肉体関係があることに気づいたのは、半年前のことだった。仕事の帰りに二人がホテルから出てくるところを目撃した。シティホテルだったから、ラウンジでお茶でも飲んだのかと思った。なにしろ優佳に賢成を紹介したのは、美早子なのだから。しかし、その日の夜に帰って来た夫は、美早子に会ったことを言わなかった。ひんやりとした不安に襲われた。夫のスマホを盗み見ようなどと、露とも思ったことはなかったけれど、彼の入浴中にスマホを手に取った。それを操作する夫の手元を偶然に見たことがあり、ロック解除の暗証番号は知っていた。

番号をタップしながら、その時初めて、それが美早子の誕生日だと気がついた。美早子との頻繁なラインのやり取り。そこから浮かび上がってきたのは、賢成が優佳と結婚するずっと前から関係を結んでいたという事実だった。美早子の夫に二人の関係を怪しまれ、それを払拭《ふっしょく》するために、賢成を優佳に押し付けたといういきさつも知った。つまり結婚は、安定的な関係を続けるためのカモフラージュに過ぎなかったのだ。

優佳はそれには最適な女だった。鈍感で従順で、人付き合いも苦手。よって世界も狭い。誰かに入れ知恵されることもない。年上の女にどっぷりはまり込んだ夫と、若い愛人との自由奔放な交わりを楽しむ美早子との、目を背けたくなるようなやり取りを見て、嫌悪と憎悪とで体の震えが止まらなかった。何より、自分が都合よく利用されていたという事実に頭が真っ白になった。

　賢成はいい夫だと思っていた。いや、今でも優佳は彼を愛している。きっと熟した女の体に溺《おぼ》れて我を忘れているだけなのだ。四十五歳の美早子はそのうち老け込み、容姿も衰えて醜くなるに違いない。そうなったら、夫はようやく目が覚めるだろう。本当に自分を愛しているのは誰なのか、共に人生を歩むべきなのは誰なのか。それに気がつくだろう。

　だけど、優佳はそれまで待つ気はなかった。何の罰も受けることなく、関係が自然解消されるのを黙って見ているわけにはいかない。優佳の母親が何かを言って、賢成が返事をし、美早子が口に手を当てて笑った。父も嬉しそうに目を細めている。美早子の緩く結い上げた髪の毛から、一房の髪が垂れてうなじにかかっている。あれが汗でぴったりくっつくところが頭に浮かぶ。

　それを賢成の指がすくい上げる。喘《あえ》ぎ声。熱い息。ベッドのきしみ――。

　優佳は自分のトートバッグを引き寄せた。その中に手を突っ込む。底をさぐると、柔らかな布の感触が伝わってきた。この袋の中には狼魄が収められている。

祖母はこれをひで子ちゃんにやったのではない。ちゃんと日本に持って帰って保管していたのだった。そして孫の中でも一番不器用で内気で、世渡りのへたそうな優佳に授けたのだった。

また優佳は美早子の後ろ姿に視線を移した。あの白いうなじに狼の爪で引っ掻《か》き傷をこしらえてやるところを想像した。きっと赤い筋がきれいに浮き上がるだろう。さっき彼女が飲んだお茶の中に、骨から削り取った粉を溶け込ませておいた。

あの人が息絶えた後、淳子や一史はさっきの話題を思い出すだろうか。思い出したとしても、自分の考えを一笑に付すだろう。ぐっと狼魄を握りしめた。これを使えるのは一生に一度だけ。私は夫を自分の手に取り戻すために使うのだ。手が小刻みに震えている。振り返って祭壇の祖母の遺影を眺めた。

――大丈夫、大丈夫。優佳ならやれるよ。

祖母の声が届いた。

庭の池で鯉が身を翻し、またぴしゃんと水の音がした。

参考文献

「たった独りの引き揚げ隊」　石村博子　角川文庫
「証言　満州開拓団死の逃避行」　合田一道　富士書苑

解説

岩《いわ》井《い》志《し》麻《ま》子《こ》（小説家）

黙り者の屁《へ》は臭い。

古《いにしえ》より伝わる諺《ことわざ》であるが、すべての人が心に留めておかねばならぬ箴言《しんげん》だ。

真に恐ろしい敵や油断ならぬ競争相手は、わかりやすい悪者や乱暴者、堂々と敵であることを表明し、負けないぞと闘志をむき出しにしてくる者達ではない。音の大きな屁をひる奴は、ひったのは私ですといえるのだ。そして、そういう屁はさほど臭くはない。

虫も殺さぬ、といった風情の人、欲も悪意もありませんと控えめに振る舞う人達は、屁をひったのは自分ではないと知らん顔をし、平然と他人のせいにしたりできるのだ。

幼い頃より怖い話がたまらなく好きで、長じては自分でも書くようになり、ついには職業にまでしてしまった私は、その諺は書くにしても読むにしても、追い求める怖い物語のテーマと一致している。

今はなき『幽』怪談文学賞の選考委員となり、第一回の選考に当たったとき、好みの怪談があるだろうか、自分なんかに選べるのかと様々な不安と期待に揺れたが、「るんびにの子供」は不安を一発ですべてぶっ飛ばしてくださった。

長らく文庫化が待たれた後、ついに来た、となったとき、『幽』怪談文学賞はなくなってはいたものの、また解説という形で関わらせていただけるのは、選考委員冥利《みょうり》につき、読者としてもたまらない喜びである。

ともあれ改めてこの本を読み返し、諺のまんまじゃあ、と再び慄《おのの》いた。一見、大人しく優しく真面目《まじめ》な人達の、なんともいえない屁の臭さ。

まだ物語が始まったばかりの序盤、大人しい者達がただ登場してきただけで、屁の臭さを予感し暗い期待すら抱かされる。

いつの間にかとびきり臭い屁をひられ、まるで私がひったかのように思われている、疑われている、いや、私がひったことにされるんかい、と恐れ慄き、恐怖のどん底に叩《たた》き落とされるのは、もはや快感ですらある中盤。

ひった本人が平然と、私のせいにして立ち去る後ろ姿はもう、天晴《あっぱ》れですらある結末。

「るんびにの子供」なんか、物の怪《け》である存在よりも、良妻賢母のまさに大人しい主人公のほうが、よっぽど怖いじゃないか。物の怪もまた、醜く恐ろしい怪物ではなく可愛いといってもいい姿をしていて、凶暴な脅し方はしてこない。

私がこの物の怪と主人公に追い込まれるくらいなら、チェーンソーを振り回して襲ってくる異様な仮面の怪力の大男とか、完全にイッちゃってるのが誰にでもわかる髪を振り乱した女とか、そっちに代わって来てほしいと切に願う。

「柘榴《ざくろ》の家」の語り手の男はなかなかのワルで、中盤に差しかかるまでは、派手な屁をひる男がわかりやすい乱暴を働くのかな、とも予想したが。

陰鬱《いんうつ》ではあるが、地味で平凡に見える家屋から小柄な婆ちゃんが現れた辺りで、警官に向かって「屁をひったのは、この男ではありませんよ」と叫びそうになった。

まったくもって大人しい奴らときたら、脅しや暴力で責めたててくるのではなく、優しさや笑顔で絡め取りにくるのだ。気がつけば、音のない屁の毒素は全身に回っている。

それにしても柘榴っていうのも、地味な外皮に派手な果実、ある種の人間そのものだ。

「手袋」には、二組の姉妹が登場する。語り手である姉と、その妹。そして手袋にまつわる姉妹。どちらが大人しい側かなと考え、かなり迷ってしまった。

前者の場合、派手に生きていい美人の優等生なのは姉なのに、常に大人しく遠慮がちだ。

姉に比べればすべてが劣るのに、悪知恵と変な世渡りの上手さで派手な振る舞いに及ぶのが妹なのだ。私の中で、どちらが臭い屁をひったかくるくると立場が入れ替わり、実は今もってこっちだ、と指すことができないでいる。

　後者の姉妹もまた、わからない。その手袋をはめてみたら、わかるだろうか。

「キリコ」で語られているキリコの禍々《まがまが》しい生い立ちや、占い師というより魔女といった方がいいような行為もじわじわと、読み手の目蓋《まぶた》の裏に広がる暗い色を増していく。

　キリコもまた、暴れたりわめいたり脅したりは一切ない。そういうことをしてくる相手に対しても、黙ってうつむいてやり過ごす女だ。そういう女が、見た目通りのはずがなく、とんでもない屁をひられているのを、嗅《か》がされたときはもう命がない、というお話。

　語り手の義理の姉妹は、キリコが同類だとわかっているから敬して遠ざけてきたのだろう。あの手の人達への対処はそれが一番なのだが、残り香からも逃れられないのだ。

「とびだす絵本」は、もしかしたらこれはある種、ハッピーエンドなのかもなぁと、しみじみ哀しい余韻に浸ってしまった。

　私も幼い頃、好きな絵本の中に入り込んでみたいと夢想したことはあるが、この世界で生きたいとは願わなかった。結末がすでにあり、幸も不幸も停滞しているのはわかったから。でも、この話の主人公は、未来を創造するより過去を生き直したい人だった。

こういう、音もしないし臭いもない屁をひる人は、無臭の世界で完結するしかない。「獺祭《だっさい》」で思うのだが、カワウソってそんな可愛いものなのだろうか。妙なブームになっているが、あいつらをついアザラシやトドと比べてみるから、ただ小さいというだけで可愛いと錯覚してしまうのではないか。

というふうな考えを、この物語で改めて強くした。その実体も生態もよくは知らず、なんとなく可愛い愛玩《あいがん》動物みたいに思っていると、鋭い牙《きば》や爪や屁があることを忘れてしまうのだな。カワウソ・カフェも行ったことあるけど、あんまり心は無い感じだった。

ただ可愛がるだけなら、心の無さが無垢《むく》さや純粋さとなって良いのかもしれないが。「狼魄《ラン・ポオー》」を読めば、呪いとはやっぱり派手な舞台装置や外連味《けれんみ》たっぷりの演出があるものよりも、虐げられた大人しい人達や、ずっと耐えてきた物静かな人達が、何食わぬ顔で密《ひそ》やかにやる方が怖いし効くんだなと、教えてもらえる。

呪いに使われる物品もちゃんと、みずから相応《ふさわ》しい持ち主を選んでいってるし。

この狼魄はまた後日、違う人の手に委ねられるだろう。大人しい屁の臭い人の手に。

——香《かぐわ》しき怪奇小説に酔い痴《し》れ、私もすっかり大人しい人になってしまった。

本書収録の物語は、すべてフィクションです。現実の団体・人物とは、いっさい関連ありません。

本書は、二〇〇七年六月にメディアファクトリーより刊行された単行本を加筆修正し、「獺祭」「狼魄」を加えて文庫化したものです。「獺祭」は『幽』（vol.28　小社刊行）に掲載されました。「狼魄」は本書のための書き下ろしです。

るんびにの子供《こども》
宇佐美《うさみ》まこと

角川ホラー文庫　22301

令和２年８月25日　初版発行
令和６年12月５日　３版発行

発行者――山下直久
発　行――株式会社KADOKAWA
〒102-8177　東京都千代田区富士見2-13-3
電話 0570-002-301（ナビダイヤル）
印刷所――株式会社KADOKAWA
製本所――株式会社KADOKAWA
装幀者――田島照久

●お問い合わせ
https://www.kadokawa.co.jp/ （「お問い合わせ」へお進みください）
※内容によっては、お答えできない場合があります。
※サポートは日本国内のみとさせていただきます。
※Japanese text only

ISBN978-4-04-109580-5　C0193

角川文庫発刊に際して

角川源義

第二次世界大戦の敗北は、軍事力の敗北であった以上に、私たちの若い文化力の敗退であった。私たちの文化が戦争に対して如何に無力であり、単なるあだ花に過ぎなかったかを、私たちは身を以て体験し痛感した。西洋近代文化の摂取にとって、明治以後八十年の歳月は決して短かすぎたとは言えない。にもかかわらず、近代文化の伝統を確立し、自由な批判と柔軟な良識に富む文化層として自らを形成することに私たちは失敗して来た。そしてこれは、各層への文化の普及滲透を任務とする出版人の責任でもあった。

一九四五年以来、私たちは再び振出しに戻り、第一歩から踏み出すことを余儀なくされた。これは大きな不幸ではあるが、反面、これまでの混沌・未熟・歪曲の中にあった我が国の文化に秩序と確たる基礎を齎らすためには絶好の機会でもある。角川書店は、このような祖国の文化的危機にあたり、微力をも顧みず再建の礎石たるべき抱負と決意とをもって出発したが、ここに創立以来の念願を果すべく角川文庫を発刊する。これまで刊行されたあらゆる全集叢書文庫類の長所と短所とを検討し、古今東西の不朽の典籍を、良心的編集のもとに、廉価に、そして書架にふさわしい美本として、多くのひとびとに提供しようとする。しかし私たちは徒らに百科全書的な知識のジレッタントを作ることを目的とせず、あくまで祖国の文化に秩序と再建への道を示し、この文庫を角川書店の栄ある事業として、今後永久に継続発展せしめ、学芸と教養との殿堂として大成せんことを期したい。多くの読書子の愛情ある忠言と支持とによって、この希望と抱負とを完遂せしめられんことを願う。

一九四九年五月三日

記憶屋

織守きょうや

消したい記憶は、ありますか――?

大学生の遼一は、想いを寄せる先輩・杏子の夜道恐怖症を一緒に治そうとしていた。だが杏子は、忘れたい記憶を消してくれるという都市伝説の怪人「記憶屋」を探しに行き、トラウマと共に遼一のことも忘れてしまう。記憶屋など存在しないと思う遼一。しかし他にも不自然に記憶を失った人がいると知り、真相を探り始めるが……。記憶を消すことは悪なのか正義なのか? 泣けるほど切ない、第22回日本ホラー小説大賞・読者賞受賞作。

角川ホラー文庫

ISBN 978-4-04-103554-2

ISBN 978-4-04-106429-0